查理九世—法老王之心

[雷欧幻像] 作品
LEON IMAGE WORKS

PHAROAH'S HEART

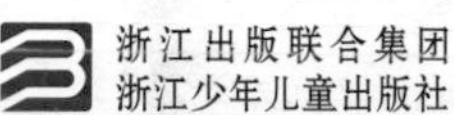

浙江出版联合集团
浙江少年儿童出版社

NAME：全人物合集.

MAIN CHARACTER PLAN

扶幽

陌生人前沉默寡言游离天外的古怪小孩，说话做事总是慢半拍。
瘦削身材，喜好自己动手制作各种小玩意儿。
观察力敏锐，动手能力强。

墨多多

对未知事物充满好奇、老是闯祸的小男生，外号“问题多多”。
他身上有许多小毛病：赖床、任性、不爱学习。
同时他热情而精力旺盛，对新事物有探索精神。

虎鲨

本名胡沙，学校里可怕的留级小霸王，高大威猛的小胖墩，运动全能。
喜欢刺激，脾气暴躁，容易激动。
有欺负弱小同学的坏习惯。

查理

爷爷送给多多十岁生日的生日礼物，是一只拥有尊贵血统的名犬后裔。
它懂人话、会看书、会下棋，喜欢看电视。
喜欢装成熟，正经，好强，观察本事天下无双。
聪明又很顽固，对女生很有教养，会站起来敬绅士礼。

6½
6
5
4
3
2
1

fú yōu
扶幽

hǔ shā
虎鲨

mò duō duō
墨多多

chá lǐ
查理

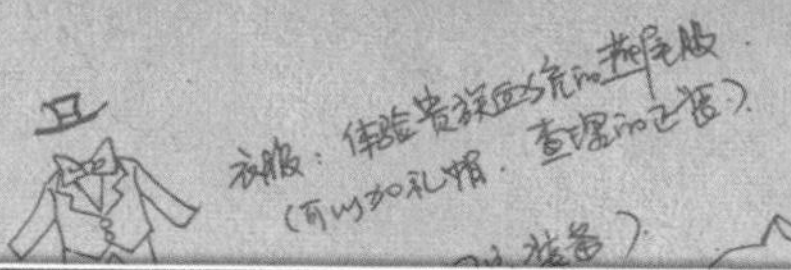

查理九世 人物设定

查理九世与墨多多的谜境冒险系列

尧婷婷

四年级二班成绩好又有同情心的班长大人。
有正义感、同情心，同时处事谨慎，有一点娇气胆小。
有丰富的书本知识，经常为大家提供一些理论依据。

多多妈

家庭主妇，任某杂志主妇专栏顾问。
爱唠叨，喜欢管鸡毛蒜皮的事情。

多多爸

某医学院助教，工作严谨，生活中却不拘小节，关注儿子成长并给予相对多的自由空间。

duō duō mā
多多妈

duō duō bà
多多爸

Date base

yáo tíng tíng
尧婷婷

Charle IX Production Committee

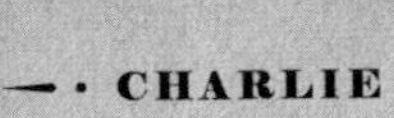

DOGGIE

查理九世—法老王之心

查理九世与墨多多的谜境大冒险

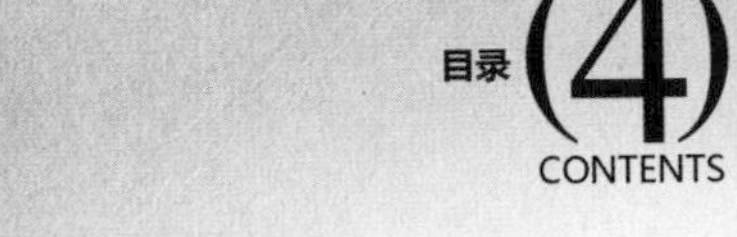

目录 (4)

CONTENTS

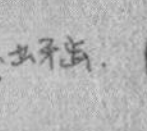

星梦童趣 StarKids

Charle IX Production Committee

谨以此书

纪念我的童年，

那是一段小有遗憾的幸福时光。

——雷欧幻像

LEON IMAGE

查理九世想要环游世界!

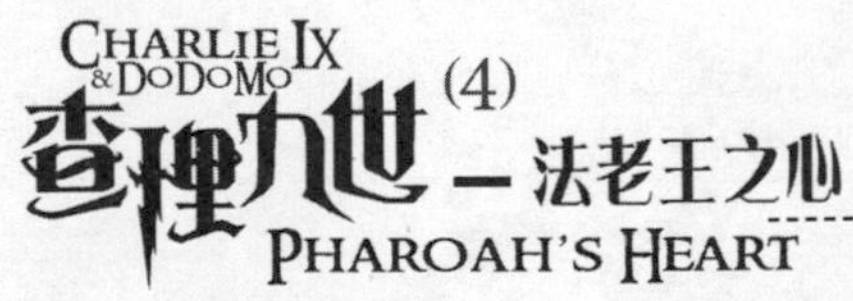

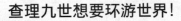

跟随“未来的名侦探”墨多多一起来吧！

The heart of the Pharaoh

只有人，他的寿命不会很长，
无论他做什么，只是一场虚无。

引子

Let's begin!

法老王的诅咒

fǎ lǎo wáng

午夜，月光缥缈。

呼啸的风肆意地扣击着博物馆那扇连接古老与现代的大门，发出“呼啦呼啦”的响声。

城市博物馆中，一座靠近窗的古老棺椁在银白色的月光渗透下，呈现一种深邃又模糊的感觉。

那里面长眠着一具古埃及法老的尸体。

在这座棺椁的四周摆放着为法老守灵的持器神祇，被雕刻得栩栩如生，仿佛吹一口气就能够活过来一样。

风透过博物馆的大门，还留存着一点力气，吹在一尊手持武器的神祇雕像上，一些带着历史的尘埃扩散出去，而那神祇双眼突然转动起来，手里的武器直指那座古老的棺椁。

而就在他刚刚动弹的时候，一个个诡异的身影缓缓晃动起来，嘴里发出呜噜呜噜的声响，沿着那神祇雕像指向的地方缓缓走去。

月光透射进来。

可以看清楚，那……那竟然是一群缠着白布的木乃伊。

这群木乃伊将法老的棺椁团团围住，视线聚光在一段古老的埃及文字上，那些埃及的文字下有一张用汉字书写的白色纸页，纸页上是对古老埃及文字的注释。

一个木乃伊撕掉了纸，丢向了窗口。

那张纸贴紧了玻璃，银白色的月光撒落在上面，可以清清楚楚地看到每一个字：

谁扰乱了法老的安眠，死神将张开翅膀降临在他的头上。

博物馆里的一切又都恢复了最开始的模样。

FILE 01

镜头一

灵魂柜台中的埃及少女

āi jí

CHARLIE IX & DODOMO

PHARAOH'S HEART

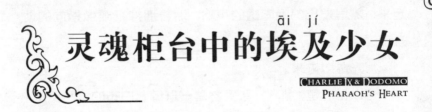

要说平时鬼影憧憧、人影却看不到一个的黑贝街为什么突然人头攒动、异常热闹了起来，墨多多猜想，大概是因为新建的城市博物馆在这里举办了一次为期五天的古埃及文物展览。展览的主题是“埃及法老王的墓葬”，展出的文物有近百件：千年的木乃伊，古老的石棺，神秘的咒语……经历千年的古物散发着神秘气息，牢牢吸引着人们的好奇心。

更有创意的是展厅中的所有工作人员都穿着木乃伊的服装，让人感觉似乎回到了那个古老神秘的年代。

报纸上、电视上大幅报道，黑贝街一时声名鹊起，连外国人也过来参观了。

墨多多和他的三个小伙伴拼好奇凑热闹的功力从不落人之后，即使这个地点是在这条……令人毛骨悚然的黑贝街，他们依然兴冲冲地去了！

好不容易排队买好票的小伙伴们从进入博物馆开始，仿佛置身于另一个世界，兴致勃勃地流连于各个展柜之间，完全忘记了这里是曾带给他们噩梦般回忆的黑贝街……

“哇！这个就是法老王用过的权杖啊！”班长尧婷婷站在一个钢化玻璃柜前，望着精致的黄金权杖惊叹不已，脸也不顾淑女形象地贴了上去。

虎鲨则对权杖顶端那粒璀璨的紫色大钻石垂涎三尺，连一向没精神的扶幽同学也眼中亮起了光。

只有墨多多苦着脸蹙起了眉，原因源自他背上那个和他的身形极不符合的硕大背包，某只生物正舒舒服服地躺在里面听耳机。

想到这里，多多小声嘀咕着："查理，你该减肥了！一身的肥膘，别人会分不清你是狗还是猪哦！"

"墨多多！你说什么呢！背着老大可是你无上的光荣，对吧？查理老大！"虎鲨对多多亮了亮他的招牌拳头。

多多额上落下三根竖线，不知何时，臭名昭著的小霸王虎鲨已经成了查理的跟班。

"汪！"查理从背包里露出个头来，转动脑袋兴趣浓浓地欣赏着展台内的文物，完全无视多多的抱怨。

要不是博物馆禁止带宠物入内，它才不会如此委屈自己呢！咳咳，它是谁？它可是拥有尊贵血统的"查理九世"！

查理环顾四周，露出了满意的表情。这里上下五层，三千多平方米的大展厅，完全装饰成金字塔内部的风格。展厅的四壁，都是用石块堆砌起来的，墙壁上描绘着古埃及风格的壁画，还有那些泛黄的锦帛，仔细一看是埃及的各种诗歌和传说。所有工作人员都穿着木乃伊的服装，或给人讲解，或在厅里走动，加上灯光效果的配合，使整个场馆看上去十分有气氛，让人犹如真的到了古代埃及。

只是，展览馆里的游客实在是太多了，大家在熙熙攘攘的人流中艰难穿梭，背着查理的多多很快落后了。

等到多多感觉身边的空间宽裕了，他已经被人流带到展厅北面的一条狭长走廊上。

“糟了，婷婷他们去哪儿了？”多多四处张望，哪里还有伙伴们的身影！

“你在问我吗？我只知道一件事，那就是什么都不知道。”查理龇牙笑。

“这话等于没说！”多多生气地瞪着它。

“不，这当然是答案，只不过这是一句悖论。”

悖论？多多一愣，他第一次听到这个词。

查理倒很有耐心地讲解起来：“悖论也称逆论，它是一种自相矛盾的说法，因为本身带有强烈的游戏色彩，所以你也可以把它看成是一种趣味数学。大侦探，你要学的东西还很多，慢慢领会吧。”

“哼，我管它叫诡辩！”多多没好气地哼唧。

这时，走廊尽头的一扇小门吸引了多多的目光。门上铜制的铭牌发出奇异的光芒，多多忍不住揉了揉眼睛，仔细一看，上面写着——

埃及法老王的灵魂展厅

累得上气不接下气的墨多多决定先满足自己的兴趣，好好参观一下这个展厅，等会儿再去找婷婷他们。

他将背上的查理放了下来，伸手就去推那扇门。

查理轻巧地跳下地，抖了抖身上被挤皱成一团的小西服，快步跟上多多。

这是一间小展厅，仅仅十多平米，里面空荡荡的，除了多多之外，没有其他游客。

室内的装饰跟外面大同小异，但比起外面丰富的展品，这个小厅里只零落地放着几个展柜。

正对展厅出口的那个柜台上，摆着四只雕刻着奇特头颅的罐子：第一颗酷似人类，第二颗像是狒狒之类，第三颗既像是狼又像是狐狸，最后一颗是猎鹰的头颅。四个罐子的大小跟多多的头差不多大，土灰色的头像上，有一些因色彩脱落而留下的斑点，底座则泛着淡淡的土红色，像是从染血的泥土里才扒出来似的。

看着这几颗奇特的头颅，多多有种说不出的古怪，即使这几颗头颅放在玻璃展柜中，多多总觉得它们的目光似乎老在自己身上打转。

展厅墙壁上的液晶屏幕，正播放着视频介绍：

……据说，法老王为了能够在死后复活，重新统治人间，会把自己的内脏从尸体中挖出，分别盛放在四个“灵魂容器”里面，只要灵魂容器没有损毁，法老王就能够凭借“神的力量”重新降临到人间……而这个展厅中的展品正是关于埃及法老王的灵魂容器，展厅中所有展品均来源于……

不知是电脑故障，还是法老王的灵魂具有独特的磁场，

屏幕不断发出沙沙的细响，间杂着出现一片雪花，一时好一时坏。

根据介绍，这四个奇特的东西，似乎是守护法老内脏的守护神兽。

“这个里面装的就是法老王的内脏啊！”多多不可思议地睁大了眼，思绪飘向了三千年前的古埃及……

忽然间，一个窸窸窣窣的声音引起了他的注意！

墨多多辨认出那个声音来自于盛放法老王内脏的“灵魂柜台”，在寂静无声的博物馆中听来，显得尤为吓人。

“汪！”查理动了动耳朵，目光沉沉地望着那个展柜。

难道……是法老王的灵魂在作祟？

多多只觉得浑身的毛孔不受控制地收缩，一股莫名的寒意爬上了他的后背。

他壮着胆子靠过去，猛地一下拉开柜门，等他跳到安全的距离，再回头看时，柜里的情形让他的下巴几乎掉到地上！

木门里，蜷缩着一个异常美丽的少女！

时间仿佛停止了，那是只有在梦里才看得到的美丽。

少女看起来比多多大四五岁，身着一袭白色薄层的细亚麻长衬裙，脖子上有坠珠和项链串成的华丽颈饰，胸下系着一根金线编织的丝带，头上戴着金色的眼镜蛇头冠。最引人瞩目的是，她有一双如夜色般漆黑的眼睛，配上罕见的孔雀色眼影……似乎在哪里见过？多多脑海中飞快闪过的画面让自己大吃一惊，对了，少女就像从埃及壁画中跑出来的人物一样，穿的正是古埃及的服饰!

墨多多还没来得及说话，少女的眉目间已流露出惊慌的神色，浑身颤抖，仿佛在躲避什么恐怖的东西一样，对着多多拼命摇头，还做出一个噤声的手势。

这是什么意思?叫我不要出声?多多眨巴着眼睛,有些茫然。

正在多多不知所措的时候，走廊外传来一阵凌乱的脚步声，少女慌忙把展柜的门拉上，躲了回去，查理也迅速地钻进了背包……

“砰!”一群身穿木乃伊服装的工作人员，忽然闯进了这个展厅!

他们看起来和其他的木乃伊工作人员又有些不同，大厅的木乃伊工作人员们身上缠的布条雪白整洁，而这群木乃伊身上缠着的布条早已发黄。他们的身体和脸都用腥臭腐烂的绷带裹得死死的，隐隐透出一点莫名的气息，对!是死亡的气息!

多多不禁心生疑惑：他们真的是活人吗?

一刹那，液晶屏持续不断的沙沙声也戛然而止，整个展厅笼罩在一种死亡般的寂静中……

多多用力咽了口唾沫，一阵强烈的不安像蛀虫一样钻入了他的心窝。

木乃伊们蹒跚着向前，骨节发出生硬刺耳的“咯吱”声，空气中弥漫开一股泥土腐败的气息。

多多不自觉地往后退了两步。突然间，当头的木乃伊以某种极其不协调的肢体动作扭曲着加快脚步，向墨多多走了过来。直到他们仅仅隔着一个玻璃柜台的距离的时候，他像触电一样，定住不动了。

一个低闷的声音，像是从什么匣子里憋出来似的："#@￥#@%@！#"

多多喉咙一紧，僵住了。

"你……看到……埃及少女……没有？"又是一段发音艰涩、不连贯的中文。不过这次，多多勉强听懂了，他们在找那个柜台底下的埃及少女。

墨多多用手抹了一下自己额头上黏糊糊的汗水，拼命说服自己，眼前的情况仅仅是装扮成木乃伊的工作人员在找另一个扮成埃及少女的女孩——就这么简单!

木乃伊们见问不到答案，便在展馆内分散开，四处搜索起来，还不时用一种诡异的音符互相交流。

暂且先不管他们究竟是不是工作人员，眼前的这一切让多多感觉到极不舒服，他想尽快摆脱他们，但又不想对埃及少女造成危险……

多多想起刚刚查理提到的悖论，脑中灵光一闪，小心翼翼地说："我、我看见过她! 她既没有向右行也没有从左来，既没有向左行也没有从右来。如果以上话不是真话的话，那她大概不是上楼就是下楼了吧，你们快点去楼上楼下找找看！"

木乃伊们一听，急急忙忙冲向小展厅外的楼梯。

Question 01 Lv.B

谜题一 难度等级

多多的悖论

多多说："我看见那个女孩既没有向右行也没有从左来，既没有向左行也没有从右来。如果以上话不是真话的话，那她大概不是上楼就是下楼了吧，你们快点去楼上楼下找找看！"多多其实并没有对木乃伊们说谎，但是木乃伊们却完全被误导了，请正确翻译出多多这句话的意思。

【正确的解答在15页，快去验证一下吧！】

答案:
Answers

【怎么样,你答对了吗?后面还有更多谜题等你挑战呢!】

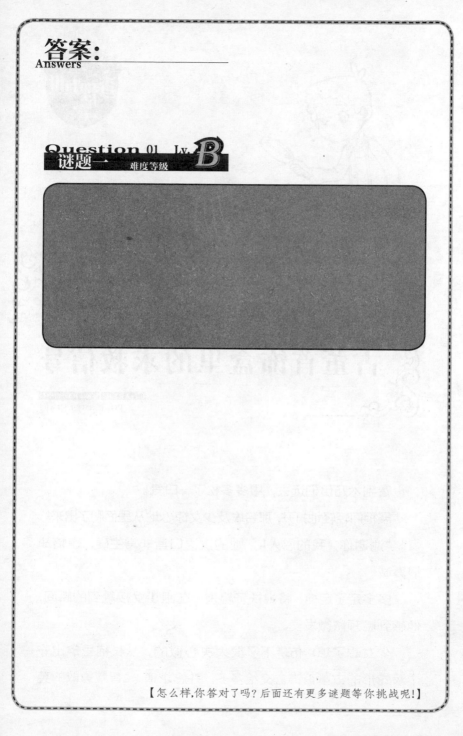

FILE 02
镜头二

古董首饰盒里的求救（qiú jiù）信号

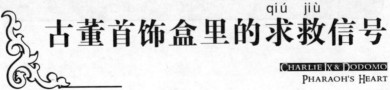

CHARLIE IX & DODOMO
PHARAOH'S HEART

看到木乃伊们远去，墨多多松了一口气。

展柜门轻轻地打开，那名埃及少女惊恐地从里面爬了出来！

“谢谢你，我的恩人！”她的汉语口音非常生硬，表情却很真诚。

多多定了定神，将她扶了起来，在跟少女接触到的瞬间，他感到脸颊微微发烫。

少女想了想，仿佛下了很大决心似的，从长袍里拿出一个双蛇形的古董首饰盒交给多多，并恳求道：“智慧勇敢的英雄啊！求求你！求求你替我把这个首饰盒带离这里好吗？我可能很快就会死去，从这个世界上消失，但是只要这个首饰盒还在，真理的审判一定会重新降临到罪人的头上！”

“你说的话是什么意思？为什么要死呢？”多多本能地感到危险，但他来不及多想，只是急切地想了解真相。

“这一切，都是荷鲁斯神的旨意！也是我们家族不可逃脱的命运！”少女双手交叉在胸前，目光虔诚却有些哀伤。

“请你替我把首饰盒带去好吗？”她再次恳求道。

好像受到蛊惑般，多多对她点了点头，声音不受控制地滑出喉咙：“我答应了。”

埃及少女万分惊喜：“感谢荷鲁斯神！”然后猛地抱住多多，对着他的脖子狠狠地亲吻了一下！

“谢谢你，智慧勇敢的英雄！我已经把‘真理之羽’留在了你的身上，无论结局如何，请你一定将它保存下来，荷鲁斯神保佑你！”微妙的光芒从她眼中一闪而过。

少女慌慌张张地掩面离开灵魂展厅，消失在狭长的走廊中。

多多则是臊得满脸通红，再没多余的脑细胞去纠结少女说的话究竟是什么意思。他一手摸着脖子，目光呆滞地望着少女离去的方向。查理却凝着脸，一副若有所思的样子。

多多保持着傻呵呵的表情站在那里：“呵呵呵……我、我是智慧勇敢的英雄……呵呵……”

猛地，后脑勺一痛！

多多如梦惊醒，回过头发现是婷婷、虎鲨和扶幽。

“多多，刚才这里是怎么回事？我看到好多木乃伊工作人员都往这里跑？”婷婷不安地望着地上掉落的泥土。

“工、工作人员？”多多咧着嘴巴，“哦，你是说那些木乃伊……哈哈！”多多说得结结巴巴、语无伦次，眼睛却还保持着满足的半月形。

其他三人一看多多这傻样，互相交换了一个受不了的眼神，齐声道：“呆子！”

“你小子怎么到处乱逛？害我们到处找不到？”虎鲨生气地提起了多多的衣领，用力晃了两下。

“我是被挤过来的，不过，这里啊，‘惊喜’连连……哈哈！”多多揉着脸蛋，故作神秘地说。

“惊喜？”三双眼睛顿时放出好奇的光芒。

于是多多将刚才在灵魂展厅发生的事加油添醋地说了一遍，特别强调了少女说他是“智慧勇敢的英雄”的那一段，说完忍不住得意地哈哈大笑，完全忘记了刚才经历中不愉快的部分。

“喊，骗人！”虎鲨率先不信。

“又做梦了吧！”婷婷双手抱胸，学老师叹了口气。

扶幽伸手摸了摸多多的额头。

三个小伙伴的怀疑根本没有影响墨多多的好心情，他骄傲地拿出了那只双蛇形的古董首饰盒。

展厅里的吊灯发出橘黄色的光，映照着小伙伴们一脸的惊异。

“哇！我要看，我要看，美女留下的首饰盒！”虎鲨再度依靠蛮力赢得了首饰盒的第一鉴定权，抢过之后，还不满地嘀咕着，“喊，若是有本大爷在此，这种秘密的任务绝对轮不到你！说来说去，你还不就是怪胎问题小子嘛，怎么会是什么智慧英雄？”

“喂！虎鲨！还给我，那是人家托付给我的……”多多挤上前，踮起脚尖想从虎鲨手上把首饰盒夺回来。可是，很明显的，这个任务的难度系数太大了！多多郁闷地蹲在地上，就差别人递给他一根树枝画圈圈了。

“糟了！多多，我看你、你……已经……被迷住了……”扶幽大腿一拍，笑话起多多。

“哼！重色轻友！”婷婷斜着眼角，落井下石。

虎鲨干脆拉着婷婷、扶幽，还有查理，三人一狗围作一团，全用屁股向着多多。

“看上去，这只是一个普通的首饰盒，没什么奇怪的地方啊。”虎鲨翻动着首饰盒，眼睛盯着上面的花纹。

这是一个木质的雕花首饰盒，首饰盒周围盘绕着两条形状狰狞的眼镜蛇，首饰盒的中央有一个太阳形的圆盘，圆盘上是用金线镶嵌出16×16正方形网格的黏土板，每一个正方形网格里面都有一个古埃及的象形图腾。可能因为年代久远，这些象形图腾或多或少有些缺失的地方。

突然，查理对着太阳圆盘吠叫起来，婷婷的目光盯着虎鲨手中转动的盒子，迟疑地说："……好像有什么不对的地方！"

虎鲨不明所以，直接把首饰盒交到婷婷手上。

"是不是发现什么了？"一直兜转在外围的多多立刻见缝插针，扑了上来。

婷婷用手指轻抚着太阳形圆盘上的网格，眼中猛地一亮，惊讶地叫道："天啊！这个、这个首饰盒是那个埃及少女准备向外传递的求救信号！！"

"什么？求救信号？！"三个男生异口同声地问。

Question 02 谜题二 Lv. C 难度等级

埃及少女的求救信号

为什么婷婷说首饰盒上的图形是埃及少女的求救信号？

【正确的解答在22页，快去验证一下吧！】

答案:
Answers

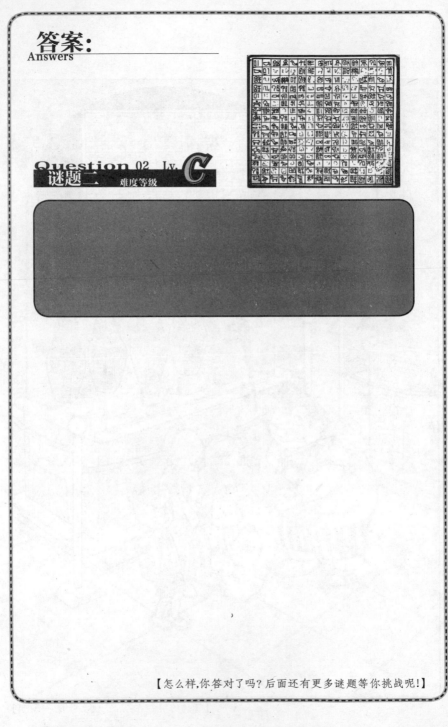

【怎么样,你答对了吗?后面还有更多谜题等你挑战呢!】

FILE 03

镜头三

fǎ lǎo

法老王之墓

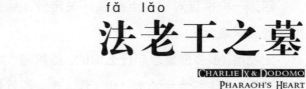

CHARLIE IX & DODOMO
PHARAOH'S HEART

婷婷用手指在黏土板上连出了首饰盒上的求救信号。多多回过头再想想，觉得这件事确实有些匪夷所思!

“那个躲在灵魂柜台下面的埃及少女,为什么要把这样一个首饰盒交给多多?她为什么要躲避木乃伊的追踪?为什么要以这种方式求救?今后如何处理这个首饰盒……”婷婷皱起一双秀气的眉毛，飞快地思考着这些疑点。看来事情变得复杂起来了!

“这还不简单!我们找到她本人问问，不就知道了嘛!”虎鲨才懒得动脑筋自己去想，立刻提出了“省力大计”!

四人一狗相互对视，点点头，决定分头寻找埃及少女，再回到这里集合。

出发前，多多像是想起什么似的，提醒道："如果碰到身上缠的布条泛黄、脏兮兮的木乃伊工作人员，最好是避开。"

"请问，您看见过一个穿得像壁画里面一样的埃及少女吗？大概这么高……"多多跑到墙角的木乃伊工作人员面前，伸手比画道。

工作人员发出逗弄的笑声："小家伙，虽然这里是古埃及法老墓葬展，可不代表在这里能找到埃及姑娘哦。"因为脸上缠着绷带，他摇头时有些艰难。

多多没空反驳他，背着查理又挤进人群……

镶满珠宝的黄金御座、精美的法老棺椁和数不清的装满珍宝的匣子，在多多眼前一一掠过，但此时他却没了欣赏的

心情。

尽管小伙伴们不遗余力地跑遍了整个博物馆，却始终没有找到那个埃及少女，她就仿佛不曾出现似的，在这座博物馆人间蒸发了?

四个孩子垂头丧气地回到了约定的小展厅。

多多一屁股坐在地板上，揉着有些酸软的双腿，举起了白旗："要不我们还是先把盒子带回家吧?"

"等等……"一直研究着双蛇首饰盒的扶幽，忽然惊奇地说，"这个……首饰盒……里面有暗藏的机关!"

大家立刻凑上前去。只见扶幽按动首饰盒上的双蛇暗扣，首饰盒上镶着金线的太阳形外壳向上翻起，露出一扇雕有繁复古埃及图腾的黄金墓门!

墓门中央极其精细地雕刻着一个古老的天秤，一只长着狐狼头的埃及神祇端详着天秤上的刻度，一张羽毛状的金色纸笺从太阳形外壳和门形金壳的夹缝中飘落，纸笺上用生涩扭曲的字迹写着一句箴言：

谁打开了法老王的墓门，谁偷走了法老王的心脏，他的脖子将会像鸟一样扭断，他的心脏将会被阿努比斯放在天秤上称量，心脏比羽毛重的罪人将下地狱!

小伙伴们看着这句变态血腥的箴言，心里一阵阵发冷，泛起了不祥的感觉。

这个小小的古董首饰盒里面，竟然暗藏了这样精致复杂的机关！这扇古埃及法老王的墓门里面，又装着什么样的东西呢？

“这上面的花纹跟法老王墓葬里的图案差不多，会不会是法老王的宝贝？”黄金墓门上的图案让多多觉得很眼熟。

虎鲨兴奋地嚷嚷起来：“快打开！快打开！看看里面是什么东西！”

“你们看，这个天秤图腾上的金色砝码可以随意移动，也许这个天秤图腾就是打开这个首饰盒墓门的机关。”婷婷说出了自己的观察结果。

“既然我们发现机关了，要不要打开看看……”多多认为打开首饰盒也许就能得到答案，但是一想到那句箴言，他就起了一身鸡皮疙瘩。

“我，我……来试试？”扶幽跃跃欲试，谁让他对机械或机关类的小物件充满了兴趣！

他正要拨动天秤上的砝码，婷婷突然伸手按住了他，迟疑道：“不！我们、我们还是不要打开它！”

“为什么？”多多三人不解地问。

婷婷脸上苍白，似乎想起什么令人害怕的东西，缓缓地说：“我……我刚刚在另外一个埃及展厅里看到过这种古埃及图案！这个长着狐狼头的埃及神名叫阿努比斯，是埃及神话中的地狱看门人，传说它会把人类的心脏掏出，和一根羽毛一起，放在天秤的两端称量——如果人类的心脏比羽毛轻，那么说

明他的心是纯洁的，可以得到永生；如果人类的心脏比羽毛重，就证明他的心是罪恶的，就会被打入地狱……但是，谁的心脏会比一根羽毛还要轻呢？反正，我们绝对不能打开这个奇怪的东西，我觉得整件事情都怪怪的，很不吉利！”

婷婷以比平时慢两倍的语速说明了阿努比斯的故事，并反复强调这件事并不如表面呈现的这么简单。

“汪、汪！”查理也吠了两声，算是附和。

“什么啊！什么称量人的心脏，你竟然相信世界上有这种传说中的东西！”多多听得半信半疑，打了个哈哈，既像是解释，又像是给自己一个心理安慰，毕竟刚才那几个木乃伊就让他的小心肝扑腾了好一阵呢！

“是啊，这些都是编出来吓人的，你还真信啊！”虎鲨笑得最夸张，他可从来没信过这些有的没的。

婷婷翻他个白眼：“就是有！你难道不知道吗，刚刚多媒体导游说，历史上有很多很多盗墓者就是因为擅自打开了埃及法老王的坟墓，而被一种奇怪的诅咒杀死了，你看看这片羽毛上的警告吧！”婷婷把羽毛塞到虎鲨手上，“再说，这事情挺蹊跷的，我们也不清楚那个埃及少女的底细，不如待会儿去一次警局吧，把这个古董首饰盒交给警察来研究是最妥当的方法了！”

“嗯，古、埃及的诅咒……是全世界……都有名的！”婷婷说得理直气壮的，还拉了扶幽做帮腔。

多多接过扶幽手中的首饰盒，眯着眼睛，沉思道：“暂且不要说什么诅咒不诅咒的，这只不过是一个小小的古董首饰盒而已，怎么可能真的装得下法老王的坟墓！既然这是埃及少女的求救信号，说不定她现在很危险，这个首饰盒里面也许会有至关重要的内容啊！如果我们今天打开了这扇墓门，说不定能救得了那个少女一命。所以，我觉得我们应该试试！”

“墨多多，有出息了啊！我早就知道，冒险队里，就我和你的胆子最大！”虎鲨拍着多多的肩膀，一副哥俩好的样子。

多多一番话说得也算合情合理，救人这种事刻不容缓，于是大家决定一起破解古董首饰盒上的天秤机关。

“这个机关其实是一道数学题啊。”扶幽摸了摸下巴，看样子找到了答案。

虎鲨一听数学题，两条腿就不由自主地迈开了两步，心里一阵纠结。为啥一定要学数学呢？当个大力士多好？他以后就要当个拳击手什么的，一定要摆脱无聊数学题的纠缠！

“嘿嘿，我也知道了，让我来吧！”多多嘴角扬起胜利的微笑，伸手移动了天秤上的砝码。

只听见“喀”的一声轻响，墓门机关打开了！

Question 03 Lv. 
谜题三 难度等级

天秤砝码

这个天秤图腾上的金色砝码可以移动，但是不能取下，请你移动其中的一颗砝码让天秤达到平衡，以此破解首饰盒上的机关。天秤右边距离轴心3格刻度处的秤盘里面放了3个砝码，每个砝码分别重1G、3G、5G；天秤左边离轴心4格刻度处的秤盘里面也放了3个砝码，每个砝码分别重1G、2G、2G。

【正确的解答在30页，快去验证一下吧。】

答案：
Answers

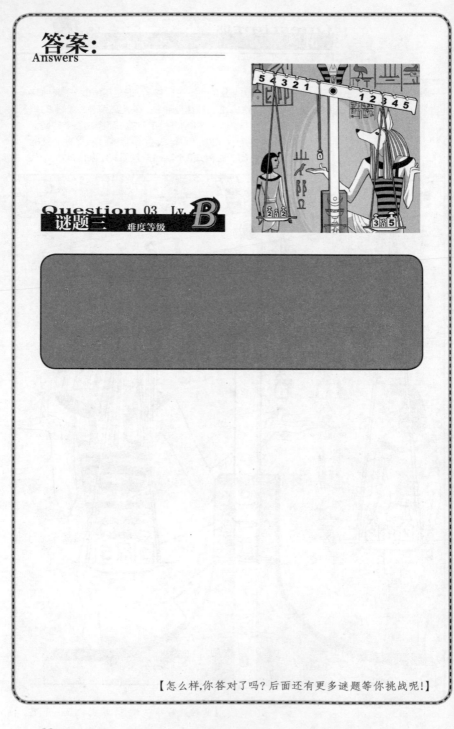

【怎么样,你答对了吗？后面还有更多谜题等你挑战呢！】

FILE 04
镜头四

阿努比斯的死亡天秤（tiān chèng）

CHARLIE IX & DODOMO
PHARAOH'S HEART

一团巨大的黑色烟雾夹杂着一股不明的香气，从首饰盒中那扇打开的墓门里扑面而来！

多多只觉得自己的心脏仿佛被人狠狠地捏了一把！

首饰盒跌落在地，他痛苦地捂着胸口，双腿发软，“砰”地坐倒在地！

大家完全被眼前的景象吓呆了！

一个长着狐狼脑袋的巨大人形魔神踩着黑色的烟雾，从首饰盒上的墓门中轻飘飘地溢出，狐狼头的魔神脸上带着诡异的笑容，它的手中……托着一架古老而神圣的黄金天秤!

扶幽和婷婷瑟瑟发抖地抱成一团，目光一刻也不敢离开魔神，生怕下一秒它就会扑过来! 虎鲨也顿时没了气势，惶惶不知所措。

走廊的顶灯像是十分畏惧神明的登场一般，随着魔神的出现，灯丝发出一阵令人不安的嘶啦声，而后，猛地一闪，失去了光亮。整个走廊瞬间被一股莫名恐惧的黑暗笼罩了!

展厅里的吊灯也一个接一个暗掉了，仅余两只可怜的角灯还在屋角亮着，微弱的灯光摇曳着忽明忽暗，气氛变得越发诡异阴森……

昏暗中，狐狼头的魔神发出了嘶哑暗沉的声音：“吾乃地狱之神阿努比斯，打扰法老王安息的罪人啊，汝将接受真理之羽的审判……”

“天……天……天啊！这……这……这是……什么东西？”多多的心头涌起一股强烈的恐惧。

其他三个小伙伴脸色惨白，胆战心惊地看着魔神，就连一向英勇的查理，它的眼中……似乎也出现了畏惧！

魔神幽幽地说完话，手一翻，掌心里多出了一根金色的羽毛。它将羽毛放在了天秤的左端，接着，刺刀一般锋利的目光冲着多多身上射来！

多多感觉自己的胸口一阵剧痛，即便用手捂着也没什么作用。魔神的目光，似乎能透过他的手掌，将他的胸口狠狠划开！

多多眼中充满恐惧，放大的瞳孔中，出现了魔神那只巨大的魔掌！

越来越清晰，越来越庞大……那只索命的魔掌正伸向墨多多的胸口！它的目标，是多多那颗鲜红的心脏吗？！

多多的脑海中蓦地闪过了婷婷刚刚说过的话：

地狱看门人阿努比斯，它会将你的心脏和羽毛一起放在天秤上称量，心脏比羽毛轻者得到永生，心脏比羽毛重者下地狱！

“天……天啊，这个传说……竟然……竟然是真的！”墨多多的头皮一阵发麻……

逃！必须逃！！

墨多多猛地撑起身子想要逃，但是双腿好像灌了铅一样，动弹不得！他想要大声呼喊外面的工作人员，但是嗓子好像被人捏住，无法出声！

没有比这更令人恐惧的事了！！

在一股妖娆香气的缠绕下，多多整个身体就像浸泡在一种令人颓靡的毒药中，丧失了所有行动的能力，只能眼睁睁地看着魔神将可怕的魔掌深入到自己的胸膛里……他的五脏六腑就像拧成了一团，好难受，好难受啊！

阿努比斯那张丑陋的狐狼脸已经凑到多多的面前，多多觉得脑袋都快炸开了，全身的血液似乎都冲向了自己的头部！忽然间，多多不再害怕，不再惊慌，因为他陷入了一种麻木的境地，全身一下子放松后，他只觉得自己像坐着云彩升了天……

恍惚中，魔神冲着他露出死亡的狞笑，嘴角的獠牙上渗着血丝……

“爸爸！妈妈！这个家伙，要对我做什么……”这是多多最后的意识。

“嚓——咕叽——”寂静的展厅中，几声异响特别清晰！

是、是魔神阿努比斯单手刺穿了多多的胸口，从里面……挖出一颗血淋淋的……心脏！

“这……就是我的心脏吗？”

多多望着这枚鲜活的心脏，惨叫一声，猛地栽倒在地，痛苦地翻滚、抽搐着。

魔神的手间滴滴答答地淌着血水，它毫不怜悯人类的痛楚，

轻蔑地瞟了眼伏倒在它脚下的墨多多，将那颗还在跳动的血红心脏慢悠悠地放到天秤的另外一端，用嘶哑暗沉的声音吟唱道："心脏比羽毛轻者得到永生，心脏比羽毛重者下地狱……"

"呀——"婷婷发出了撕心裂肺的尖叫声！

即便刚刚她用手捂着自己的眼睛，但是透过不停颤抖的指缝，隐隐约约的，她还是看见了这令人毛骨悚然的一幕——

盛在天秤托盘里的心脏还在"扑通扑通"地跳动着，但是多多就这样活生生地在他们眼前倒下了！

婷婷的眼前被一片血红色所淹没……

扶幽的眼底尽是害怕，整个人抖得好像风中落叶；虎鲨一身冷汗，体内原本澎湃的血液好像被冻住似的！

"你这个浑蛋！"虎鲨大喝一声，红着眼睛扑向魔神！

一旁的扶幽也铆足劲儿，直直冲了过去！

魔神似是根本没把这两个孩子的攻击放在眼里，继续着手上的动作，口中依然反复吟唱着那首通往地狱的赞歌。

"咚、咚！"两个男生竟然从魔神的身体里穿了过去，直直撞在魔神背后的墙壁上，头上腾地亮起两只"大灯泡"！

而魔神好端端地站在原处，连眼神都不屑给予……

原来，卑微的人力在强大的神祗面前是如此渺小！虎鲨狠狠咬紧牙关，心头很是不甘。扶幽捂着头上的大疙瘩，绝望地盯着阿努比斯。

"汪汪。"查理有气无力地叫了两声，软趴趴地窝在角落里，似乎想努力往前爬，却怎么也爬不动。

终于，阿努比斯的死亡天秤慢慢地向心脏一端倾斜了！

人类的心脏远远要比真理之羽来得沉重得多！

多多还在痛苦地挣扎着，而且气息越来越弱，仿佛踏入了地狱的边缘。

“多多！”婷婷哭叫着，无助地望着多多不停抽搐的背影。

多多猛抽一口冷气，整个灵魂好像都被抽干了一样，“扑通”一声瘫倒在地……

“啪——”走廊中蹿出一个黑影！黑影冲到阿努比斯身边，毫不犹豫撩起一脚就将地上的双蛇首饰盒踢飞出老远！！

邪恶的阿努比斯一声惨叫，“腾”的一声，消失了身影！

“嚓、嚓、嚓……”展厅中的灯相继亮起，一切都回归了平静，仿佛魔神从未出现在大家面前过。

婷婷的目光扫过伏在地上一动不动的多多，头上顶着“灯泡”的虎鲨和扶幽……不，刚才发生的事，绝不是梦境！

而且，就着灯光的照明，黑影也显现出身形，正是交付多多首饰盒的那个埃及少女！

超重的心脏

在阿努比斯的审判规则中，心脏比羽毛轻的人上天堂，心脏比羽毛重的人下地狱。但是有一次阿努比斯弄丢了羽毛，现在在它的面前一共放了四颗人类的心脏，这四颗心脏中，只有一颗心脏超重。阿努比斯只可以在一个没有砝码的天秤上称量一次，一次之内，它必须要判断出这四颗心脏中，哪一颗心脏超重。请问它该怎么称呢？

【正确的解答在38页，快去验证一下吧。】

答案:
Answers

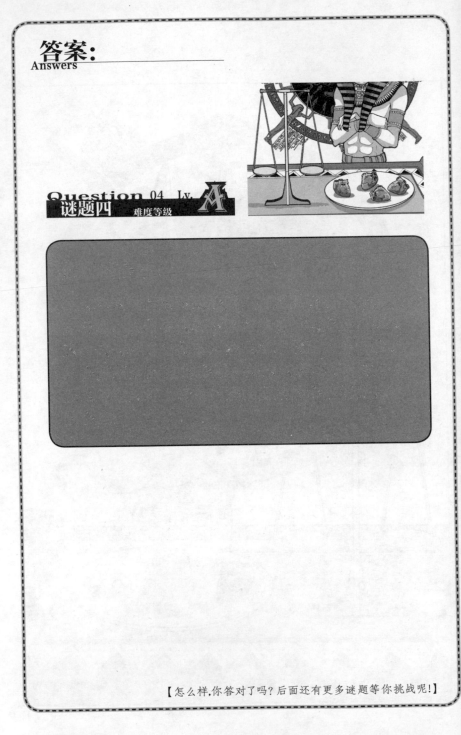

【怎么样,你答对了吗?后面还有更多谜题等你挑战呢!】

FILE 05
镜头五

木乃伊的谎言（huǎng yán）

CHARLIE IX & DODOMO
PHARAOH'S HEART

婷婷焦急地扑到埃及少女身边，抽噎着恳求道："求求你，救救多多！你能赶走邪恶的阿努比斯，肯定也能救多多……"

埃及少女紧锁着眉头，表情凝重，慢慢走到多多身边，蹲下来。

此刻的多多一动不动地趴在那里，就像……就像完全失去了生命力！

虎鲨和扶幽也顾不得刚刚被撞疼的脑袋，冲过去一起扶起多多。

咦，怎么回事？多多的胸前，并没有血肉模糊，而是完好无损。

埃及少女迟疑了一下，伸出手来，按在多多的左胸。那里，仍然有个东西在“咚咚咚”地跳个不停，声音很清晰。

“没关系，他的心脏还在。”少女微笑道。

小伙伴们顿时松了一口气，查理也摇摇晃晃地过来，舔着多多的手。

“多多！墨多多！”

“快醒醒……”

耳边回荡着几个焦急万分的声音，似是某种召唤。墨多多慢慢睁开眼，茫然地看了一圈周围，最后将目光落在那个

美丽的埃及少女身上……

难道，他们也被阿努比斯审判了吗？

多多迷迷糊糊地支吾着："你们，来陪我了？"

婷婷的脸上挂着泪珠，小手在他的脑袋上一拍，呜咽道："说什么傻话呢！呜呜……多多，你没事，太好了！"

墨多多感觉到疼了，眼前的光景也清晰起来："难道，我还活着？"他的表情惊异不定。

虎鲨也用力捶了一下多多："你这个问题多多，果然是打不死的小强啊！哈哈……名副其实的蟑螂命！"确定多多没事了，虎鲨立刻高兴起来。

扶幽偷偷抹了一下眼泪，帮着多多支起身子。多多揉了揉胸口，除了有一点点闷的感觉，并没有什么其他不适。

奇怪了？那刚刚的狐狼头魔神又是怎么回事呢？

"首、首饰盒呢？"多多急切地问道。

埃及少女猛一哆嗦，好像想起了什么，惊慌地拾起那只双蛇首饰盒，把它送到多多面前，呜咽着说："真的……对不起，我……我没有想伤害你的意思。刚才……只是太害怕了，忘记了告诉你……不能打开首饰盒！"

婷婷回过神来，使劲推开女孩，护在多多跟前，大声质问："这里面到底是什么东西？你又是什么人？"

少女垂着头，眼里噙着泪，低声说："我叫雪莉，请你们放心，我不会伤害你们的……"

"我们才不要替你保管这个莫名其妙的东西！"平时善良

又极富爱心的婷婷第一次表现得那么咄咄逼人，因为这次的经历实在是太可怕了，这个神秘的双蛇首饰盒可是差点要了多多的命啊！

少女通过门上的大玻璃，看了看外面的走廊，一脸焦急地说："这个盒子关系到一个重大的秘密，我们家族的使命就是终生守护这个盒子。可现在，我的生命将要走到尽头，为了履行我们家族的责任，我请求你们帮助我，务必要把这个首饰盒带出去……"

雪莉真诚的眼泪和哀伤的语调感染了大家，四个小伙伴有些心软了。"或许，她真的有什么不得已的苦衷。"多多侧目瞥了一眼婷婷，试探性地开始替雪莉说好话。

"而且……多多……也算是她救的。"扶幽也觉得另有隐情，如果少女存心要加害多多，又怎么会在关键时刻出手相救呢？

"对对，你们看雪莉姐姐像是那种会伤害人的坏蛋吗？"虎鲨也插言抢白，"明显不像，是吧！"

查理使了使脚力，走到雪莉身边，警惕地绕着她东嗅嗅，西闻闻，似乎想找出点可用的线索。

婷婷认真想了想，眼中露出了坚决的光芒："好！我们可以替你把盒子带出去。但是你必须先把这个盒子的秘密告诉我们……"

雪莉点点头，接受了婷婷的条件。

"嘭——"毫无征兆的，展厅的门被撞开了！几个带着泥土腥味的木乃伊工作人员堵在门口。

墨多多记得这股腐败发臭的气味，他们就是之前那群搜索雪莉的可疑木乃伊们。

“就是她！”领头的木乃伊一声低吼，其余的木乃伊们马上就东倒西歪地围了上来。一个抢走了雪莉手中的首饰盒，另外两个将雪莉的双手束在身后，紧紧掐住。雪莉惊惧不已，使劲扭动着身子，想挣脱两个木乃伊的束缚。

“你们干什么？”虎鲨把袖子往上一卷，准备赶上前去帮助雪莉。

谁知又一个木乃伊横冲出来，一把拎起了体形笨重的虎鲨，大声呵斥道：“不要妨碍我们执行公务！你们几个小屁孩知道什么？她根本就是一个十恶不赦的文物大盗！！”

“文物大盗？”小伙伴们瞠目结舌。事情有了奇怪的逆转，这是怎么回事？多多混乱地挠着脑袋。

“不错！我们是国际刑警，为了捉住这个狡猾的罪犯，已经跟踪她快一年了。她的爷爷，为了盗取文物，曾经制造了一起连环杀人案，而她这次的目标，就是这个名叫‘法老王之心’的文物……”木乃伊头领指着双蛇形首饰盒说道。

“不要相信他……他们是……”雪莉一边挣扎，一边大叫。

“嗞嗞——”一个木乃伊掏出警棍往她身上一捅，随着那令人头皮发麻的蓝色电流，雪莉闷哼一声，软倒下去。

“你们……”婷婷皱着眉头，狐疑地看着这些木乃伊们。

他们真的是国际刑警吗？对付一个手无寸铁的少女，他们的手段未免过于粗暴了！而且雪莉不过才十四五岁的年纪，就能成为一个文物大盗了？这太不可理喻了！

“你们不要欺人太甚！”虎鲨头上的青筋暴绽，脑袋一热，就要上前讨个说法。

“虎鲨，快回来！我们不能影响警察叔叔执行公务！”多多响亮的声音清楚地落入每个人耳中。

三个小伙伴齐齐回头，惊诧地看向墨多多。多多不自然地抽了抽嘴角，眼角瞥过躲在自己身后的查理，恨恨咬牙：这只疯狗太郎，又在模仿我的声音了！

“警察叔叔，我们不会再打扰你们做事，那我们可以走了吗？”多多只得帮查理往下圆谎。

“呃，当然……你们自便吧。”虽然木乃伊头领奇怪这小孩怎么就突然转变了态度，不过因为他们的目的已经达到，便没有深究，转身带着雪莉和一群手下离开了展厅。

“墨多多！”婷婷跺着小皮鞋，不满地教训起多多，“你究竟在搞什么？这几个国际刑警明明很可疑，为什么你还让他们带走雪莉？”

“不！他们不只形迹可疑，而且满口谎话，我可以肯定，他们不是什么国际刑警！可是不放他们走，难道就凭我们几个，斗得过那些成年人吗？”查理从墨多多身后走出来，它说话了！

多多则露出一个“我冤枉”的表情，总不能告诉国际刑警，他们家的狗会说话吧。

“那雪莉怎么办？”婷婷焦急地追问。

查理的眼中闪过一道狡黠的亮光，老谋深算地笑道：“所以，我在他们身上留下了点小礼物……”

Question 05 Lv. C
谜题五 难度等级

木乃伊的谎言

木乃伊刑警指着双蛇形首饰盒说："雪莉想要偷走的，就是这个古埃及文物……"查理虽然不懂文物鉴赏，但是它一听就知道他们在说谎。仔细观察插图，请指出为什么。

【正确的解答在46页，快去验证一下吧。】

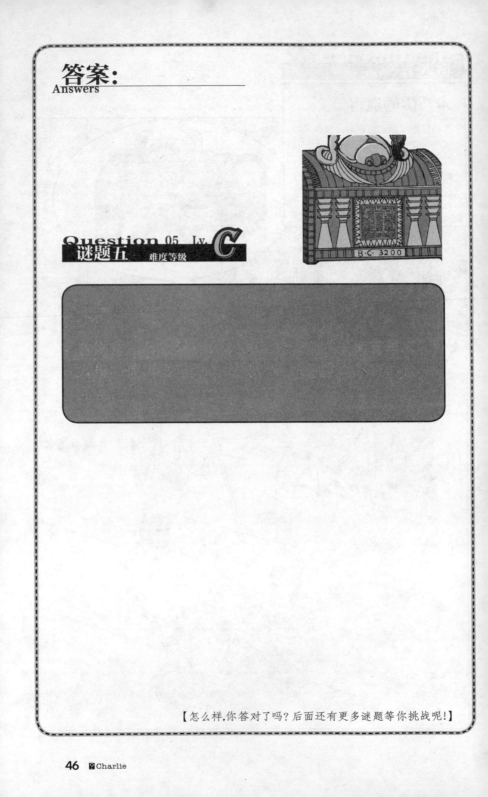

答案:
Answers

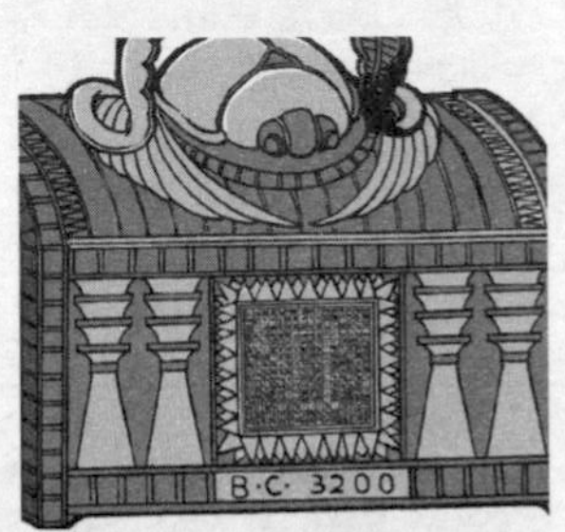

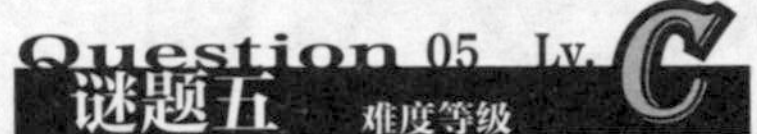

【怎么样,你答对了吗?后面还有更多谜题等你挑战呢!】

FILE 06
镜头六

金龟子的酷刑（kù xíng）

CHARLIE IX & DODOMO
PHARAOH'S HEART

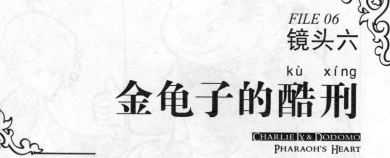

查理说留了点“小礼物”给那群抓走雪莉的可疑木乃伊们，婷婷三人好奇了：“是什么东西？”

查理指了指多多衣服的右边口袋。多多伸手摸出一只收音机模样的东西来。

“咦，这不是我才研制好的追踪器接收端嘛！你什么时候拿去的？”扶幽连忙打开随身携带的百宝箱查看，果然——才做好的一套追踪器没了踪影！

其他小伙伴目光灼灼地盯着那个机器，脸上露出期待的表情，毕竟扶幽可是冒险队中重要的技术支持呐！！

别看他的脑袋瓜瘦瘦小小的，但里面可装着不少物理学方面的知识，此外，扶幽的实际动手能力也很强悍，经常会研究一些电子产品，将它们改装成适合大家使用的便利小道具。

“这么……说，追踪器……放在木……乃伊身上了？”扶幽愕然，没想到查理神不知鬼不觉地做了这么多事。

“错了，你们再猜猜看！”查理得意扬扬地晃着脑袋。

多多直觉反应：不会是放在……那个，谁的身上了吧？

扶幽迫不及待地打开接收端，开始调试设备。不一会儿，

接收端上的四只绿灯开始闪动，提示处于工作状态。

“哔——”声后，接收端传来了另一端的声音!

“嚓嚓嚓嚓……”

像是无数的金属壳在相互碰撞，又像是无数虫子在光滑的容器中摩擦攀爬。

“法老，我们遵从您的命令，已经将盗窃者带到您的面前……”

法老?!是指法老王吗?

接收端前的四个孩子面面相觑,难道他们接通的是三千年前的古埃及吗?这不可能吧……

“万恶的罪人啊!你把‘法老王之心’藏到哪儿了?”一个威严而阴沉的声音传来，带着令人恐怖的语调。这就是埃及法老王的声音?

“哈哈哈哈——”雪莉放肆大笑,“别以为我不知道，你想利用‘法老王之心’干什么勾当!”

“呵呵，彼此彼此。”法老王干笑一声,“不如，你交出‘法老王之心’，我们……”

“别做梦了……”雪莉的语气中充满了不屑。

“住嘴!看来你还不明白你现在的处境!”法老王怒不可遏地咆哮起来,“如果你再不合作，我就以王族葬仪把你活埋掉!”

“哼，哪怕你们杀了我，也休想找到‘法老王之心’!因为我已经将它的钥匙藏到了一个非常安全的地方，除了我，谁

也找不到！”雪莉的语气听起来非常坚定。

法老王和木乃伊们阴沉沉地笑了起来。

墨多多心里一紧，心里产生了一种不祥的预感！

“你是不是把‘法老王之心’的钥匙藏到那几个游客小孩的身上了？”仿佛早已洞悉一切，法老王无情的口气中透出一股志在必得的自信。

小伙伴们骇然，赶紧摸索着身上能藏东西的地方，然而，谁也没找到那个像钥匙的东西！

“现在，你对我们来说，已经是多余的了……”法老王冷笑着，声音越来越近，就好像凑在孩子们耳边，“你也知道，什么人才能保守秘密吧，哈哈哈哈……”

“糟了！”多多他们齐声惊呼，法老王似乎要对雪莉下毒手！

“杀死这个罪恶的女孩！以荷鲁斯之名处以极刑，吃光罪人的身体！！”

“嗡——”扶幽的接收器突然发出一声高分贝的啸音，法老王的狞笑声顿时被放大了数千倍似的，在博物馆高大的柱墙间回荡不绝。随着他的命令，先前隐约听见的嚓嚓摩擦的虫壳声也越来越清晰，越来越响亮！

“天啊！埃及金龟子……不！不要过来！不要吃我！！啊啊啊啊啊——”下一刻，大家听到了雪莉惨绝人寰的呼喊，伴随着无数虫类啃咬的窸窣声……

“怎么办？怎么办？”小伙伴们大惊失色，偏偏又无可奈何。

“这……难道就是传说中的‘金龟子酷刑’？”婷婷想起

之前在古埃及文化展厅中，通过多媒体导游看到的一种古埃及酷刑：

古代埃及法老王会将罪人裹成木乃伊，活生生扔入装满巨大金龟子的灵柩中，灵柩中的埃及金龟子就会生生吃光罪人的血肉，只留下一具枯骨……

很快的，雪莉的惨叫声就被窸窣的虫壳摩擦声彻底地淹没了。

而整个过程，竟是不到短短的五分钟！

婷婷脸色煞白："雪莉……是不是被法老王杀死了？！"

扶幽的胃里一阵翻江倒海，连连干呕起来。虎鲨握紧拳头，一脸不敢置信。

谁能想到，刚刚还活生生地站在他们面前、与他们说话的埃及少女，转眼间，就被法老王施以酷刑杀死了！

"走！我们去把那个该死的法老王揪出来！不管他是鬼魂还是什么东西，现在早已不是他的时代了，竟然敢在博物馆杀人！"多多强压着心头的恐惧，满腔愤怒道。

三个小伙伴不可思议地望向多多。这个"问题多多"之前每次遇到危险的事，还不是被吓得软成一团，逃都来不及，哪还会想着去救一个素不相识的异国少女？难道因为雪莉夸他是英雄，他就真的自以为是英雄了？

"汪！"查理咧着牙齿低吠一声，尾巴一甩，往外走去。

“好，我们跟着查理老大走！”虎鲨把指关节拗得噼啪作响，一副嫉恶如仇的样子。

“说得对！”扶幽和婷婷也追了上去。

然而，才走出展厅，查理就停住了。它嗅了嗅鼻子，空气中弥漫着一股比先前魔神出现时更加浓郁的异香，严重影响了它的嗅觉。查理无奈地摇摇头，表示闻不到木乃伊的气味了。

“可恶，我们现在根本不知道那个冷血法老王在哪里！”墨多多十分焦躁。

扶幽默默地拿出一张博物馆的导游地图，一边比画，一边解说：“发信器上面有……一个不完全定位系统，它在目标……转身时，对应方向的指示灯会闪烁……”他又指向接收端上的四只绿灯，“可惜，追踪器……只能显示目标的转角方向，不能显示移动距离……根据它刚才所传过来的信息，那些木乃伊……一共转了这样几个弯，左右右上右左左上右上左左。”

“也许，我们可以从博物馆的地图中，直接圈出他们的所在位置！”多多摸摸鼻子，根据扶幽刚才的提示，迅速标出了法老王和木乃伊们隐藏的位置！

冒险队立刻展开了行动。

Question 06 谜题六 Lv. D 难度等级

法老王的方位

根据扶幽的提示，尝试找出法老王的位置。

【正确的解答在54页，快去验证一下吧。】

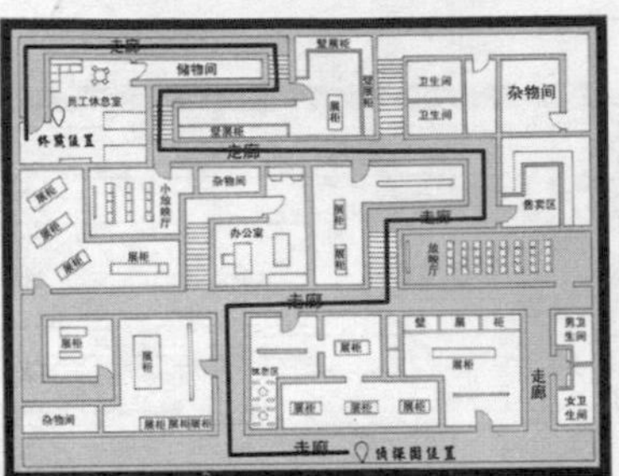

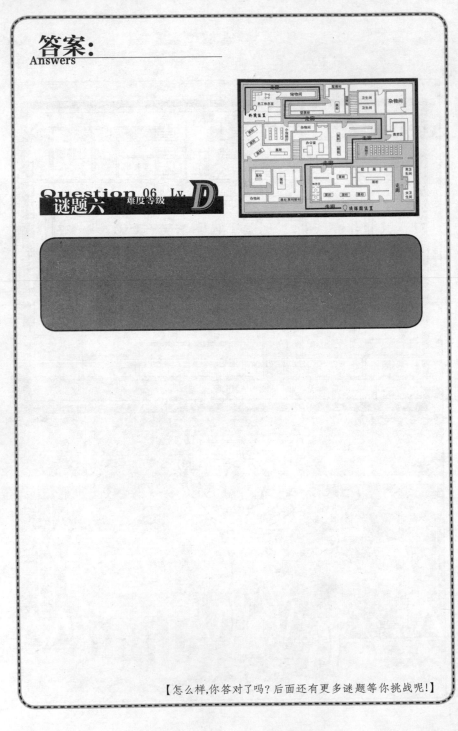

【怎么样,你答对了吗?后面还有更多谜题等你挑战呢!】

FILE 07

镜头七

守护死者内脏(nèi zàng)的四个埃及神

CHARLIE IX & DODOMO
PHARAOH'S HEART

小伙伴们按照发信器上所指示的位置，来到博物馆顶楼角落的一扇门前。

“现在……位置很近了！”扶幽看看手上追踪器接收端的指示灯，上面那枚红灯正急速闪烁不停。

大门雕刻着色彩斑斓的几何图案和人脸图腾，看上去金碧辉煌，但门边的告示牌却标明着这是一间休息室。

“奇怪！你们不觉得这门的华丽程度一点也不像一间普通的休息室吗？”婷婷疑惑地看着门边的告示牌。

难道……邪恶的法老王就藏在里面?

墨多多脸色骤变，一想到开门迎接他们的或许是那些埃及金龟子……他就头冒冷汗，勇气锐减了许多，偷眼瞧了瞧查理。

查理动了动耳朵，确定没有听到什么可疑的声音，正色道:“总之，我们不要大意，先进去再说!”

四个孩子一齐上前，“吱呀”一声，门开了。

一缕轻烟顺着门缝扑面而来，其中还夹带着若有似无的香气，直往四人一狗的鼻子里钻去。

空阔的展馆内，三三两两地亮着几盏小吊灯，灯光忽明忽暗，就像喝醉了酒般晃悠着，小伙伴们有些恍惚了。

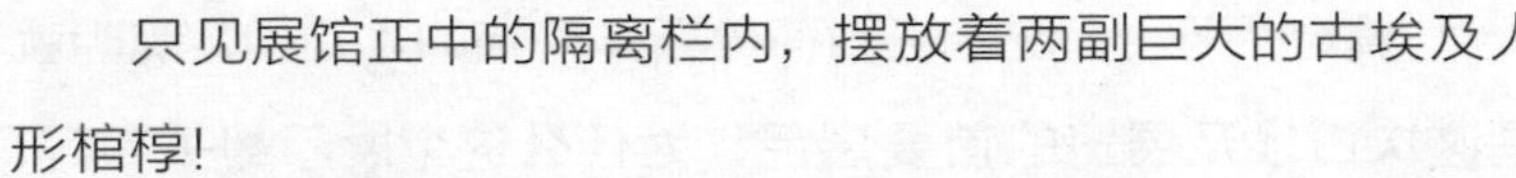

只见展馆正中的隔离栏内，摆放着两副巨大的古埃及人形棺椁！

其中一副棺木敞开着，外观做得非常精细，看上去流光异彩，华丽异常！

明知这东西是个死物，可大家依然感受到一股莫大的吸引力，就像怀里揣着一只猫爪子，挠着痒痒的，让人不知不觉走到它的跟前，只见里面放着一只近乎褐色的猫形木乃伊。

“据说，这只猫生前是守护荷鲁斯神殿的祥兽，所以死后才有资格被做成木乃伊。”婷婷复述着通过多媒体导游学到的古埃及文化知识。

而另一副棺木关闭着，棺木的装饰显然比装猫木乃伊的那口棺木奢华数倍，鋈金的棺椁雕刻成一个双手交叉抱在胸前的人形，棺椁上不仅包了厚实的金箔，顺着金箔的纹理，能够清晰地看见棺椁侧面雕刻着有关法老王的各种活动场景。最令人叹为观止的是，那些人物和动物的眼睛部分竟镶嵌着光彩夺目的珠宝钻石！

“天哪！这棺材里躺的肯定是法老王！”虎鲨一眨不眨地盯着这副奢华无比的棺椁，发出“啧啧”的赞叹。

“是啊，不知道这副棺椁是哪一位法老王的……”多多和扶幽也趴了过去，兴致极高地研究着棺木的细节。

“喂！”婷婷警觉地望了望四周，提醒道，“你们可别忘了我们的任务！”

三个男生立刻把注意力收了回来。

“真奇怪呀……法老王和荷鲁斯祥兽猫的木乃伊，明明就是这次古埃及展览的首要展品，为什么这个展厅却关着门，还伪装成休息室呢？”婷婷还是想不通原因，喃喃自语着。

“嘿！”不远处的角落里，突如其来地传来一丝阴森森的狞笑，“你们很想知道这是为什么吗？”

小伙伴们吓了一大跳，一个立在角落里的木乃伊神像竟然开口说话了！

大家将目光投了过去，眼里满是戒备。这个有着人类头颅的木乃伊神像动了起来，像跳着慢动作的机器人舞一样缓慢地移动出来……

“嘎啦、嘎啦——”四面角落里的另外三个神像也蓦然苏醒，他们不再僵直挺立，而是摇摇晃晃地纷纷挪向法老王的棺木，隐隐形成了合围之势。

“他们、他们是……”借着昏暗的灯光，多多豁然发现，这四个木乃伊神像的头部与他在“法老王灵魂展厅”里看到的那四颗奇怪头颅一模一样！

先前只是放置在展柜里的雕像，现在却活生生地出现在眼前！多多当场吓傻，呆呆地望着这四只怪物！

人类头颅的木乃伊再度出声：“我们是鹰神荷鲁斯的四个儿子，负责守护已死之人的内脏：人类头的木乃伊艾谢特Amset，保护已死之人的肝；狒狒头的木乃伊哈碧 Hapi，保护已死之人的肺；狐狼头的木乃伊杜米特夫Duamutef，保护已死之人的胃；

猎鹰头的木乃伊奎本汉穆夫Qebhsenuef,保护已死之人的肠。我们是这里的守护者，可以引导你们去到任何想去的地方。”

“呼——”多多一听，想起博物馆里工作人员的木乃伊打扮，瞬间安心不少,“原来这四个人是这里负责解说的工作人员啊! 刚刚真是吓死我了……”

婷婷拍拍胸口，扶幽也跟着松了一口气。

虎鲨满不在乎地撇着嘴:“人都死了,还保护什么内脏……”

婷婷认真地摇摇头:“错了，古埃及人相信人死后，其灵魂不会消亡，仍会依附在尸体或雕像上，只要保存住肉体，让灵魂有栖身之处，死者就能转世再生。其中，最重要的就是要保护好死去的人的内脏，特别是心脏……”

“嘎嘎!”狐狼头干笑一声，眼神似乎有些古怪。

多多嘴角一抽，冲着三个小伙伴耸耸肩膀:“我敢保证，这四个工作人员如果去当电影演员，肯定能拿奥斯卡大奖!”

四个守护神听完多多的话，同时发出了诡异的轻笑。

婷婷记挂着雪莉的安危，没心思探究对方的演技如何，只想快点打听出有用的消息:“我们在找一个埃及少女，她应该是被一群木乃伊打扮的人带到这里了,你们见过那群人吗?”

四个守护神同时指向法老王棺木，幽幽地说:“去吧，走近一点。透过这口神圣的灵柩，你们就可以找到自己想要寻觅的一切……”

不知何时，展馆内弥漫起缭绕的紫烟，雾气中散发出一股馨香，淡淡的、甜甜的，很是迷人。

守护神们的声音回荡在小伙伴们的脑袋里，蛊惑着他们一步一步走近那座奢华的棺椁!

多多的手指尖快要触到棺椁上的金箔……

“汪汪汪——”查理急切地吠叫起来，爪子用力扒拉着多多的裤脚管，最后直接一口咬了上去!

多多吃痛，缩回了手，但很快的，他的目光再度迷离起来。

四个小伙伴全都变得神情漠然，他们瞥了一眼查理，就像是看陌生人的眼神，然后继续朝着棺椁走去。

查理急得好像热锅上的蚂蚁，疯狂地冲着四个守护神不停吠叫，它的眼中，竟然……出现了强烈的恐惧!

婷婷勉强睁大一双朦胧的眼睛，顺着查理的目光看去，一瞬间，她的脑袋里像是划过了一道西伯利亚寒流，激起一身鸡皮疙瘩，目光也变得清明许多。因为……她发现了一个难以预料的可怕现实!

“啊呀!”婷婷失声尖叫，“多多，你们千万不要过去! 他们……他们四个……不对劲!!”

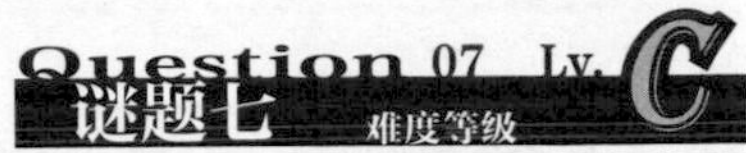

怪异的守护者

婷婷失声尖叫说，他们四个不对劲！请问婷婷发现了什么不对劲的地方？

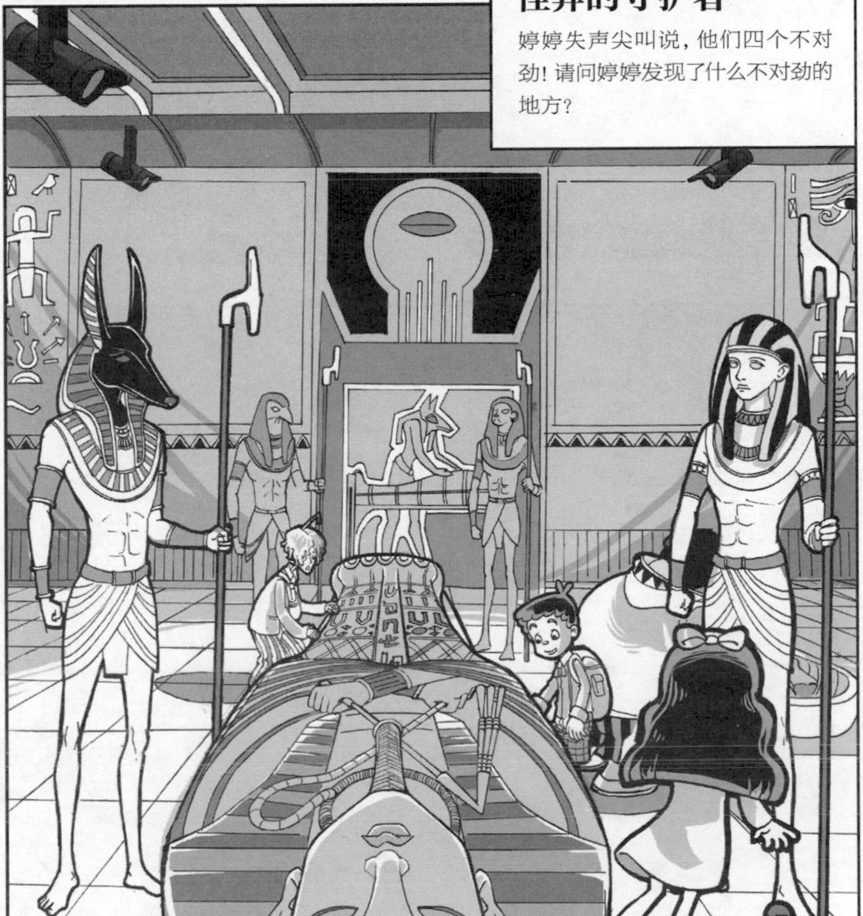

【正确的解答在62页，快去验证一下吧。】

答案:
Answers

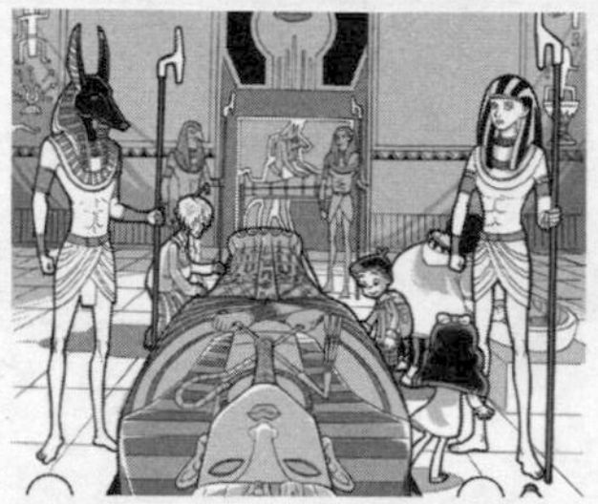

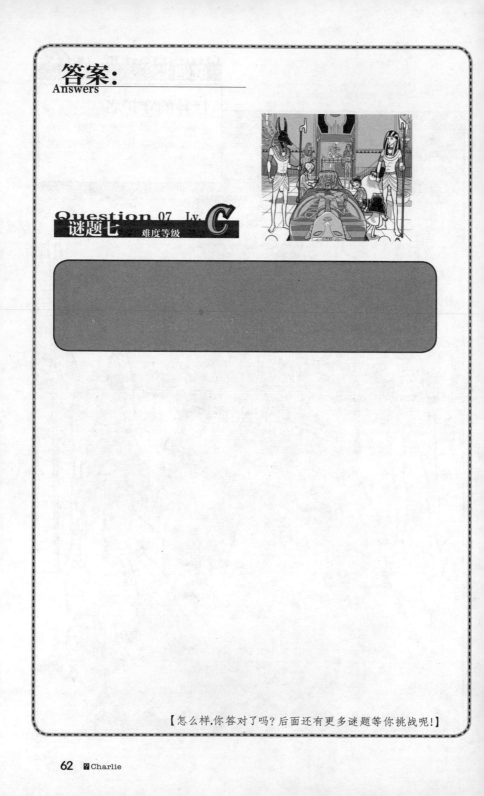

【怎么样,你答对了吗?后面还有更多谜题等你挑战呢!】

FILE 08

镜头八

埃及黑猫与刀疤（dāo bā）少年

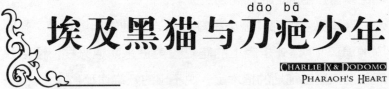

CHARLIE IX & DODOMO
PHARAOH'S HEART

三个男生顺着婷婷手指的方向看去，顿时打了个寒战，眼中的迷离消失得无影无踪。

没有影子！在灯火映照下，孩子们清楚地看到四个守护神居然没有影子！！

四只怪物狞笑着，看向小伙伴们的眼神，就好比是一只恶猫眼中的老鼠，而且还是攥在猫爪里的老鼠！！

为什么没有影子？难道他们真的是荷鲁斯的四个儿子？

四周的空气好像变得稀薄起来，绛紫色的迷香在空气中妖娆绽放，激发出小伙伴们内心深处最原始的恐惧!

虎鲨握紧拳头，眼前的情景令他心惊胆战，但他还是鼓起勇气，喝问道:“你们到底是什么鬼东西? 你们把雪莉怎么了! ”

查理也伏在虎鲨脚边，汗毛倒竖，作势欲扑。

四个守护神完全无视虎鲨和查理的威胁，嘴脸狰狞地向小伙伴们围拢过来 :“我们是守护法老的鹰神之子，我们的责任是守护法老王的肝、肺、胃、肠，以等候吾王自冥府神圣回归……但是，罪女雪莉盗走了法老王的心脏! 使他无法复活，你们将与她一起承受法老王的诅咒! 下地狱! 下地狱——”他们的声音在空阔的展馆内回荡旋转。

原本亮着的那几盏小吊灯接二连三地发出爆裂声，齐刷刷地熄灭了! 馆外走廊上的路灯投射进来两道光柱，恰恰映照在那两副金灿灿的棺木上，说不出的妖娆诡秘!

迷香的气味越来越浓，厅内的景象扭曲着开始变得模糊，一屡屡白色的烟雾缥缈而出，慢慢凝聚，慢慢成形，竟然衍化出一群身穿古埃及祭祀服饰的中东人。他们挥舞着手中的神杖，口中机械地呐喊着 :“交出心脏! 交出心脏! 交出心脏! ”一步步地向小伙伴们逼近。

黑暗笼罩，恐惧侵袭，孩子们被逼到了墙角，无路可退!

“嗤——”转瞬间，另一股无味的青烟灌入了展厅中央，如同滚水泼雪般，一下子驱散了这群埃及祭司!

不见了! 一大群埃及祭司就这样悄无声息地失去了踪影!

可是，多多他们的噩梦并没有就此结束，接下来发生的事，

更是令人生畏……

隐隐缭绕的青烟中透出了两道微弱的光线！那两道光线仿佛在朝着他们移动，越来越近，越来越近……小伙伴们屏住呼吸，凝神望向光线的来源。

“吼——”忽然间，只听见一声愤怒的嘶喊，一只戴着古埃及头饰的巨大黑猫，猛地从青烟中蹿了出来！

黑猫跳到小伙伴们面前，那是一张怪异扭曲的脸孔，就像是一件来自地狱的恐怖艺术品！缀在面颊上面的两只冰绿色的眼睛，完全就是两盏来自幽冥的鬼火，发着寒气森森的绿光！不知为何，它正死死地盯着墨多多！

这、这根本不像是存在于人世的生物！！

绿光一闪！埃及黑猫“咻”地飞扑向多多，冲着他的颈动脉就要一口咬下去！

没有人来得及做出反应，眼看多多危在旦夕，查理狂吠一声，奋不顾身地冲着黑猫扑了上去！

身躲过查理的牙齿，撩起一爪，反将查理狠狠地打到了角落。查理发出一声呜咽，显然是痛极了。

黑猫弓起身子，目光紧紧地盯着躺倒在地的多多，下一秒，它再次朝着多多发动攻击。

“滚开！”虎鲨就近抄起一柄装饰长矛，对着黑猫砸了过去！黑猫就像得了失心疯般，既不躲也不闪，尖利的爪子直扑多多，似是把他当成了血海深仇的死敌，一心只想咬断对方的脖子！

虎鲨惊呆了！他只是想用长矛吓唬一下黑猫，完全没有想到黑猫竟然如此执著！开弓没有回头箭，事已至此，他只求自己能够一棍子打死这只黑猫，不然恐怕没命的就是多多了。

说时迟那时快，只听“砰”的一声巨响，虎鲨的长矛重重地落了下去，却没有砸在黑猫的头上！伴随着一声低低的闷哼，那只黑猫被人毫不留情地一脚踢飞到了展厅的角落。

灯亮了，整个展馆大放光明。

各种幻象在电灯亮起的瞬间，消失得无影无踪，什么鹰神荷鲁斯之子，什么埃及祭司，一切都消失了。

一个脸上拖着三条长长刀疤的少年出现在大家面前。他还保持着一手架住虎鲨的长矛，一手按在电灯开关上的姿势。

那只黑猫蜷缩在角落里一动不动，貌似已经被踢昏了。

“你们！是什么人？谁允许你们进来的？”刀疤少年看起来异常愤怒，对着四个孩子一阵训斥，“如果不是我及时赶到，你这小子一棍子下去不但会打死这只黑猫，最主要的是还会毁了这一整排玻璃展柜以及里面不可估价的埃及古董！"

"什么呀！这不是休息室吗？门又没锁，我们当然就进来看看啰！而且是这只黑猫先攻击我们的，我是正当防卫！"虎鲨气呼呼地反驳，毕竟刚刚真正陷入危险的是他们才对！

刀疤少年冷冷一笑："哼！没锁？恐怕锁起来也没用吧？这间木乃伊展厅从一小时以前就不对外开放了，所以才挂上了休息室的告示牌！说吧，你们究竟是怎么进来的？到底偷了什么东西？"

虎鲨快要气疯了，其他三个小伙伴也觉得刀疤少年实在是蛮不讲理！

少年径自走到一扇窗户前，严厉地说道："大约在半小时前，我来检查过一次。那时，门窗还好好的，窗帘也拉上了。现在，你们看看……"

窗户下，细碎的玻璃碴掉得满地都是。先前四个小伙伴进来时，因为光线昏暗，所以他们都没注意到。

"至于这只黑猫，它叫贝斯特，是我爷爷养的宠物猫，血统高贵，平时温顺又有教养。如果不是你们偷了什么埃及文物，它是绝不可能随便攻击人类的！我看，在我打电话找你们家长过来之前，你们最好老老实实一次交代清楚！"

大家急了，这真是飞来横祸，令人百口莫辩啊！

"等等！"多多仔细看了看窗户下散落一地的玻璃碴，眼中闪过一道自信的光芒，"我想我可以证明，我们不是打破窗户进来的！"

Question 08 Lv. A

谜题八 难度等级

【正确的解答在70页，快去验证一下吧。】

刀疤少年听完多多的解释，原本的怒气平息了下来。

虎鲨不满地抱怨道："有坏人你不去管，还冤枉我们偷东西！我们只是追着雪莉来到这里，你们难道都没有人发现这里有个埃及少女被杀了吗？"

少年顿时懵了，仿佛没有听懂虎鲨在说些什么，愣了好久，脸上的表情忽然变得复杂起来："你们刚刚说……是追着谁来到这里？"

"雪莉！"小伙伴们肯定地回答，"是一个名叫雪莉的埃及少女，她被一群坏人抓住了！"

刀疤少年看着孩子们担忧的眼神，若有所失地说："看来你们真的不像在胡说的样子……雪莉……雪莉她是我的亲妹妹……"

"真的呃！"婷婷细细一打量少年，惊异地说，"你们看，他跟雪莉还挺像的！"

三个男生一愣，这才发现少年除了额头中央三道平行的狰狞刀疤以外，竟然和雪莉长得极其相像！只是年纪大了几岁。

"既然你是雪莉的哥哥，那你总该相信我们说的话了，快点去救雪莉啊！"多多焦急地扯着少年的衣袖，不想浪费一分一秒救人的时间。

"可是……"刀疤少年脸色一白，目光失去焦距般飘向远方，"雪莉已经死掉三年了，你们要到哪里去救她呢？"

雪莉已经死了三年了？那他们……他们刚刚看到的究竟是什么！小伙伴们心头蓦地一凉，就像掉进了一个冰窖，浑身发冷!

婷婷颤声道："难道、难道……是鬼?"

刀疤少年想了想，一手抱起受伤的查理，另一手拎起昏迷的贝斯特，转身道："跟我走，我们换个地方说话!"

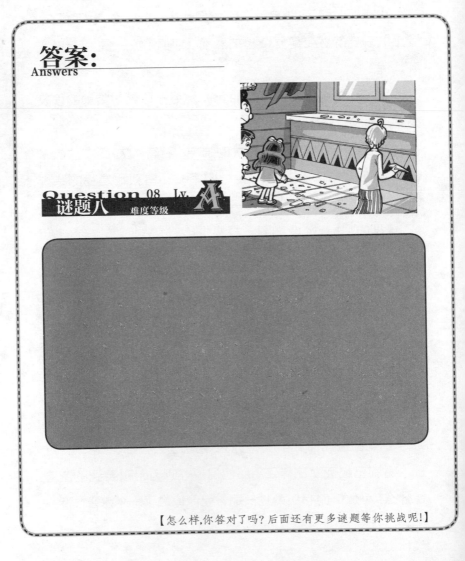

答案:
Answers

【怎么样,你答对了吗?后面还有更多谜题等你挑战呢!】

FILE 09 镜头九

三年前的死亡(sǐ wáng)预告函

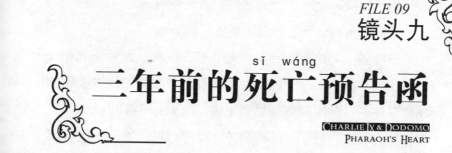

CHARLIE IX & DODOMO
PHARAOH'S HEART

刀疤少年把小伙伴们带到了自己的办公室。

墨多多清了清发干的嗓子，故作镇静地问："大哥哥，你说雪莉已经死了？这是怎么一回事？"他心里已经急不可耐地想要把雪莉的事情弄清楚。

少年脸上出现了痛苦的神色，深深地看一眼沙发上昏睡的黑猫，缓缓地说："整个事情，还得从这只黑猫说起……"

原来少年名叫南翎，是这次古埃及展览的随团研究生。他们家是世代研究中东考古学的学术世家，他和雪莉有四分之一埃及血统，他们的爷爷南教授是一位心地善良的老学者，专门研究古埃及墓葬文化。八年前，南教授在埃及旅行的时候，救回来一只巨大的绿眼黑猫，那只黑猫被人弃养，几乎奄奄一息，休养了很久才恢复健康。不过黑猫十分聪明，南教授给它取名叫“贝斯特”，是埃及神话中猫神的意思。贝斯特陪伴着雪莉一起长大，非常黏雪莉，对雪莉喜欢的东西它也一并喜欢，所以贝斯特非常爱护南教授家里的埃及文物。南教授一家和黑猫贝斯特在一起生活得非常幸福。

直到后来有一天，可怕的事情发生了……

三年前，南教授收到了一个恐怖的包裹。包裹里面有一个做工精致的小瓶子，瓶子上缠绕着两条眼镜蛇，眼镜蛇的蛇身夹住一份字迹模糊的枯黄纸笺，纸笺上写着：“法老王正在寻找自己的心脏，我即将死去，我的心脏将被放在阿努比斯的天秤之上，救救我！”

南教授看完纸笺后，脸色大变，他飞快地打开瓶子，竟然看见瓶子里装着一颗鲜红的、仿佛还在跳动的心脏！

当天晚上，南翎回到家中，就看见南教授仿佛老了十岁一般，满头白发地坐在自己房间里，用一把小刀刮着一个双蛇形的古董首饰盒，他刮得异常专心用力，以至于雪莉和贝斯特在旁边喊他的名字，他都没有听见。南翎上前问南教授发生了什么事情，但教授什么都没有告诉他，白发苍苍的老人只是把刮得一塌糊涂的首饰盒送给了年幼的雪莉，亲吻了一下贝斯特，随后默默地回房休息了。

第二天中午，国际刑警们接到举报电话，赶到这里，用力撞开了南教授家的门，只看见满头白发的老人拿着一把解剖刀坐在客厅门口，整座房子都弥漫着浓浓的血腥味！

他们飞快地冲进客厅里面，看到奄奄一息的黑猫贝斯特躺在客厅里，仿佛和什么穷凶极恶的歹徒发生过激烈搏斗。客厅正中央的地板上放着一具古董棺木，棺木里面躺着一个浑身包裹着绷带的年轻男子，他的胸口有一个狰狞恐怖的伤口，伤口中涌出腥臭的血液，伤口的里面……空空如也！这个年轻男子的心脏，竟然被人残忍地挖了出来，放在一个雕有双头眼镜蛇的天秤上面！天秤的另外一端放着一片淡金色的羽毛，而那把挖出他心脏的解剖刀，正握在南教授的手中。这个死去的年轻人是南教授最信赖的助教——孔苏！

国际刑警冲上楼寻找生还者，随后在密闭的壁橱里面，听到了虚弱的呻吟声。他们打开壁橱，看到满脸是血的南翎躺在里面，他的脸上有三道深可见骨的伤口，他用身体保护着妹妹雪莉……准确地说，是雪莉的尸体。雪莉的喉部被一颗子弹贯穿，心脏已经完全停止了跳动。南教授竟然疯狂得连自己的孙女都一起杀害了！

唯一的猜测，就是南教授一家和孔苏前不久刚刚去过一次埃及帝王谷，他们在帝王谷中得到过一个写有古埃及铭文的双蛇形“灵魂容器”，容器里面装着一颗风干的古老心脏，容器上面用埃及象形文字写着一句诅咒：

谁打开了法老王的墓门，谁偷走了法老王的心脏，他的脖子将会像鸟一样扭断，他的心脏将会被阿努比斯放在天秤上称量，心脏比羽毛重的罪人将下地狱！

南翎说到这里，小伙伴们不由得大吃一惊，那句诅咒不就和雪莉首饰盒上的字句一模一样嘛！

南翎点点头：“没错，大家都不相信爷爷竟然会杀死自己的孙女和助教。而且当天晚上我回到家里的时候，只听到枪声和雪莉的尖叫，随后就遭到了袭击，并没有看见爷爷动手杀死任何人，所以，大家都猜测孔苏的死，会不会和那句法老王的诅咒有关！”

“诅咒？为什么会跟诅咒有关？”婷婷有了不好的预感。

“惨案发生的时间，恰好是正午……”南翎皱着眉头，脸色很是难看，虽然事情过去了很久，那惨痛的一幕还是在他

心底留下了深深的伤痕。

多多心中一凛："你觉得……是地狱看门人阿努比斯挖出了孔苏的心脏，随后嫁祸给南教授！因为南教授和孔苏偷走了法老王的心脏！"

南翎神情凝重地说："我是一名考古学的学者，本来不应该相信这些神鬼传说，但是在爷爷自杀的同一天晚上，研究所里面却发生了一件更恐怖的事情，让我不得不动摇了自己的信仰……"

"什么事情？"小伙伴们齐声问道。

南翎转头看向昏迷的黑猫："是贝斯特。它咬死了一条巨大的眼镜王蛇，将蛇血涂在了研究所的大门上！"

虎鲨好奇不已："猫咬死了蛇，这有什么奇怪的地方？"

"不，这不是奇怪的地方！"南翎摇摇头，"奇怪的是，贝斯特竟然用这些蛇血写了一行字，一行古埃及象形文字！！"

这有什么好奇怪的？我家查理还会说话呢！多多偷偷在心里嘀咕。

南翎继续道："这是一行只有学问渊博的考古学家才能识别的象形文字，我们这些研究生将这行字拍下来研究破解，随即大吃一惊，你们……知道这行象形文字写的是什么吗？"

大家咽了口口水，期待又害怕知道答案。

"上面写着……法老王将在三年后再次降临，挖尽罪人们的心脏，真理之羽的审判将再次进行！"南翎说到这里，眼里浮现出赤裸裸的恐惧。

婷婷不禁惊叫："什……什么！那个法老王竟然还要杀人！但是为什么贝斯特会写下这样的象形文字呢？它再聪明也只是猫啊！"

南翎不置可否地看着大家："你不要问我，我不知道，但那句文字的意思就是，法老王会在三年后再次回来杀人，直到找回自己的心脏……所以我总觉得，你们说看见了雪莉的亡灵……也许不仅仅是一种巧合。"说到最后，南翎的声音越来越小，仿佛只是在自言自语。

小伙伴们不寒而栗，眼中充满了不可置信！

婷婷害怕到上下牙齿打架，结结巴巴地说："天啊……那么我们究竟要怎么样才能停止这种可怕的诅咒呢？法老王那么强大，他放出金龟子，连雪莉的亡灵都已经杀死了，我们又能够拿他怎么样呢？"

就在这时，一声尖锐的、声嘶力竭的惊叫声几乎贯穿了整个博物馆！那声音听起来异常惊悚，仿佛来自地狱深处的厉鬼嚎叫！

一瞬间，四个小伙伴好像全身被通了电，不约而同地从座位上惊跳起来！

那尖叫的声音……根本就是雪莉发出来的！没错，是雪莉的亡灵在尖叫！

究竟发生了什么事情？小伙伴们面面相觑，不明所以。

南翎突然神色紧张地问："现在是什么时间？"

四个孩子慌忙看了看各自的手表，报出时间：

Question 09 Lv. B
谜题九 难度等级

雪莉咽气的时间

雪莉三年前什么时间咽气的?

【正确的解答在78页，快去验证一下吧。】

多多说是 12:08，婷婷说是 11:40，扶幽说是 12:15，虎鲨说是 11:53。每人说的时间都不一样，似乎每个都不准确。

南翎翻出抽屉里的挂表看了一眼：“难道，真的是雪莉的亡灵出现了？刚刚亡灵尖叫的时间恰好是雪莉三年前咽气的时间！”说完，他面色惨白地站起身来。

“雪莉……是什么时间……死去的？”扶幽愣愣地问道。

“你们的手表一个慢二十五分钟，一个慢十二分钟，一个快十分钟，一个快三分钟……”南翎匆匆丢下一句话，飞也似的冲出了办公室。

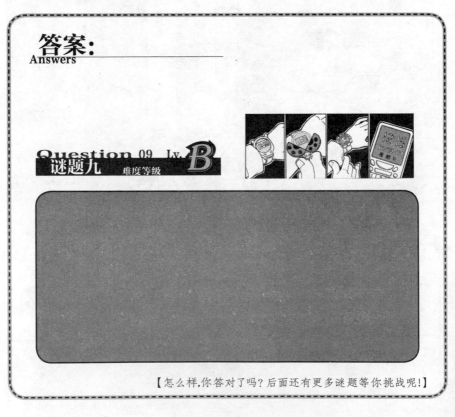

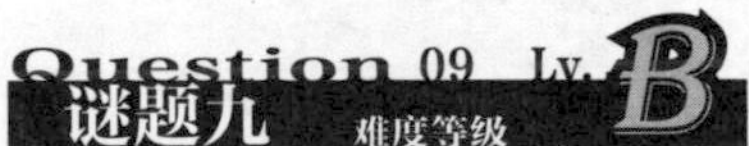

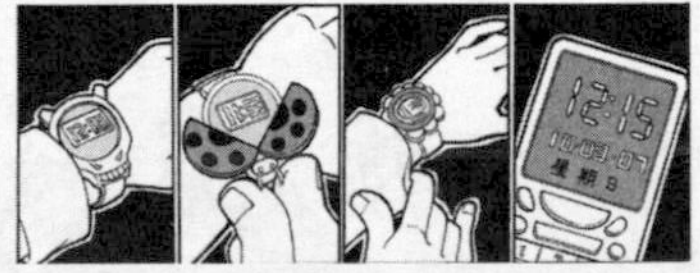

【怎么样,你答对了吗？后面还有更多谜题等你挑战呢!】

FILE 10
镜头十

亡灵（wáng líng）的尖叫

CHARLIE IX & DODOMO
PHARAOH'S HEART

多多背上受伤的查理，四个小伙伴跟着南翎飞快地冲向声音传来的底楼展厅。

展厅中，汹涌的游客里三层外三层地将一个埃及人形棺木围得水泄不通，一群木乃伊警卫们努力疏散着拥挤的人群。

一个满身珠光宝气的中年欧巴桑，唾沫横飞地大谈当时的情形。那喷薄的口水几乎成了一个小型瀑布，爱热闹的人群却不以为然，个个听得津津有味。

"当时的情况是这样……我们一行人刚刚进入那个比较

僻静的展厅，就看见几个木乃伊工作人员扛着一个巨大的古埃及人形棺材向走廊尽头走去，我们还以为这是什么特别的文化展示呢，就拦下那几个木乃伊工作人员，想要看看棺材里面有什么有趣的表演。但是，我们刚一靠近那群人就立刻感觉情况不对了……那几个木乃伊工作人员的神情非常不自然，就连身上的绷带也和展厅中的木乃伊工作人员不太一样，有种奇怪的腥臭腐败的味道，根本不像是活人！”

欧巴桑讲到这里时，四个小伙伴们同时低声惊呼道：“天啊！她遇到的是那群法老王的侍卫！”

“什么法老王的侍卫？”南翎的目光转向小伙伴们。

多多想了想，把他如何遇到雪莉以及又如何失去雪莉行踪的来龙去脉简要地向南翎交代了一下。

话虽如此，当南翎听到雪莉被法老王的金龟子吃掉的时候，他依旧情绪失控了！虽然不知道被害的是不是雪莉，又或者那真的是她的亡灵，但那种传说中最残酷的刑罚……

南翎重重握紧了拳头，仿佛要把血都握出来一样，喃喃道：“我要杀了那群浑蛋！我一定要杀了他们！”

他像一头暴怒的狮子，冲过去一把拉住那个胡吹猛侃的欧巴桑，愤怒地问道：“你说那群该死的木乃伊，他们抬的那个棺材到底有什么问题！”

欧巴桑被南翎的气势吓了一跳，不理解地看着这个暴怒的年轻研究员。

但是欧巴桑心态倒也不错，注意到围观的人越来越多，她整了整头发，很快恢复成八婆状，像是在做演讲一般，绘声绘色地继续描述起刚才的所见所闻。

“当时，我们就觉得这群木乃伊工作人员神情诡异，本来不想多管闲事，准备离开，但是忽然间，一种奇怪的声音阻止了我们的脚步……”

“什么奇怪的声音？”四周的人纷纷融入剧情。

欧巴桑仰着头，似乎在尽力回想当时的情景：“一种非常奇怪的……‘叩叩叩’的声音，我们被那种声音吸引，忍不住又多看了那群木乃伊一眼，这一眼，就把我们彻底吓到了……”她的声音愈发抑扬顿挫起来，“声音……竟然是从那副人形棺材里面发出来的……”

“什么！”人群中禁不住一声惊呼。

一名中年妇女更是轻声说出了大家心中想到却不敢说的：“会不会是木乃伊复活了？”

周围顿时一片寂静，大家都屏住了呼吸。

欧巴桑干咳一声，清清嗓子，继续说：“当时围观的我们也吓坏了！棺材里面怎么能发出这种‘叩叩叩’的敲门声呢？我们只想快点离开，离那些诡异的木乃伊越远越好。可是，那个声音却越来越大，越来越大！逐渐从‘叩叩叩’的敲门声，变成砰砰砰的撞击声。越来越大……越来越大……最后连人形棺材都开始摇晃起来，仿佛有什么恶魔要从里面爬出来一样！”

说到这里，欧巴桑浑身不自觉地颤抖，似乎也被刚才的惊悚气氛感染了。

小伙伴们轻声讨论:“怎么会这样，里面肯定有什么东西!究竟是什么在敲打棺材?”

欧巴桑一下变得沉默，她的脸色有点苍白，仿佛连她也不愿再回想接下来发生的事情一样。

“那个人形棺材拼命地摇晃着，随后不知道是哪个木乃伊的手滑了一下，整个棺材‘砰’的一声，失去平衡掉落在了地上!棺盖被震斜了几分，随后透过那古老黑暗的缝隙……我们看到了……一只……一只人手!一只绑满绷带、仿佛只剩下骨头似的、嶙峋又血腥的人手!”

欧巴桑瞪大了惊恐的眼睛，沙哑着嗓子道:“那种情形太可怕了，你根本无法想象!那条只剩骨头似的人手在半空中绝望地挥舞着，敲击着，就像从地狱爬上来的怨灵!随着它绝

望的敲击，一声幼童般的尖叫从棺椁中发出，那凄厉的尖叫仿佛来自地狱，那声音中凝结了无限的痛楚与怨恨！刹那间，无数金龟子一样的甲虫从棺木中一拥而出，迅速四散到了展厅的各个角落！我们终于再也忍不住了，拼命呼救！闻声赶来的两个工作人员只听到幼童的尖叫声，并没有看到之前那幕可怕的情景，他们只是礼貌地安慰我们不要害怕，并且好奇地打开了棺盖……”

“老天保佑，我真希望他们没有那样做过！”欧巴桑颤抖得更加剧烈。

围观者急道：“为什么？棺材里面到底藏着什么东西！”

欧巴桑咽了口唾沫，瞪大了惊恐的眼睛：“死……死人！棺材里面是一个死掉的女孩！”

南翎的神经一紧：“什么样……的女孩？”

欧巴桑惊魂未定地自言自语道：“太可怕了……你们根本没有办法想象，那口棺材里面真的是一个死掉的女孩！她浑身上下都被血淋淋的绷带所捆绑着，只有一只仅剩骨头似的手在疯狂敲打着棺材的盖子！那两个年轻的工作人员被吓坏了，因为女孩的手还在动，他们认为那个女孩依然活着，就一边打电话通知救护车，一边跑过去安慰女孩不要紧张。但是，但是他们完全错了！

“那个死掉的女孩在看到他们靠近棺材的时候，反而镇静下来，一点都不害怕了……她慢慢地……慢慢地解下脖子上的绷带……”

欧巴桑不知不觉中，边说边模仿当时女孩的动作，像被附身一般。

“她只对工作人员说了一句话……只说了一句话，那两个工作人员就立刻吓昏了过去……”

小伙伴们浑身汗毛都竖了起来：“她……她说什么……”

欧巴桑打个冷战，神经兮兮地向周围看了一圈，嘶哑着嗓子道：“那个女孩……她指着自己的额头说：‘喂，你们看我像是需要救护车的样子吗？’我们……我们顺着她手指的地方看去，天啊……她的额头两边……竟然各有一个鲜血淋漓的子弹孔！！她的脑袋早就被人用枪打穿了！这样的人……怎么可能是个活人！”

虽然没有亲身经历刚才这恐怖的一幕，可多多四人还是吓出一身冷汗。

婷婷身边的一名女性游客尖叫着将手中的照片扔在地上。

婷婷拾起照片一看，原来正是木乃伊抬着棺木经过时的照片！看着这张照片，婷婷大叫起来：“不对！他们肯定不是工作人员！”

Question 10 **谜题十** Lv. D 难度等级

神秘的木乃伊

仔细观察这张照片，婷婷发现了什么线索，从而判断那些木乃伊是假的工作人员？

【正确的解答在86页，快去验证一下吧。】

答案:
Answers

Question 10 谜题十 Lv. 难度等级 D

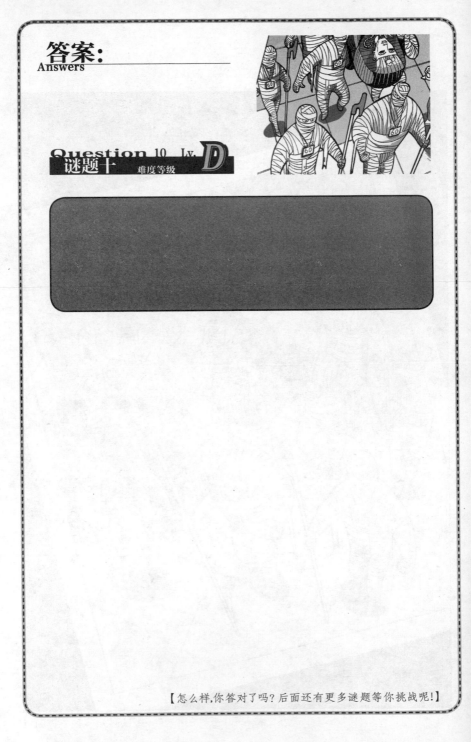

【怎么样,你答对了吗? 后面还有更多谜题等你挑战呢!】

FILE 11

镜头十一

地狱邀请信

yāo qǐng

CHARLIE IX & DODOMO
PHARAOH'S HEART

守护内脏的神秘古埃及神，攻击多多的黑猫贝斯特，散发着腐败气息的木乃伊们，神秘的法老王，以及早已死去多年、却突然出现的雪莉……面对这些未解之谜，小伙伴们几乎惊愕得没有办法正常思考了。

此时，多媒体屏幕正反复播放着古埃及法老王图坦卡蒙的陵墓上镌刻着的一行墓志铭：

谁扰乱了法老的安眠，死神将张开翅膀降临在他的头上。

是诅咒吗？这一切，让孩子们陷入迷惘之中。

婷婷回想着欧巴桑讲的话，颤抖着嗓音说："天啊……棺木里的那个女孩……是雪莉吗……我们在办公室里听见的，就是她的尖叫声……但是她不是早就已经……"

在南翎面前，她生生将那个"死"字咽了下去。这件事情实在是太过诡异了！

按照南翎的陈述，雪莉早已经在三年前死去，凶手用一颗子弹打穿了她的脑袋，他亲眼看着她咽气。但是三年以后，雪莉竟然伴随着法老王的诅咒，再一次回到了博物馆内！

如果说四个小伙伴之前看到的只是雪莉的亡灵，那么这群欧巴桑阿姨看到的又是什么？活死人吗？

而且，他们曾经亲耳听到雪莉被法老王的金龟子吞噬至死，为什么现在又再次复活？这个怎么杀都杀不死的亡灵雪莉，究竟为什么一直阴魂不散地逗留在博物馆内呢？

查理从背包里伸出脑袋，朝那口棺木发出警惕的闷哼声，眉头紧紧皱成一团，活像一个"川"字。

南翎深吸一口气，他向看守人形棺木的警卫出示了自己的证件。

靠近棺木后，他深吸了一口气，猛地一下，掀开了棺盖！

小伙伴们也都围了上去。

棺木中空空如也！没有金龟子，也没有啃咬得体无完肤的少女，只有一摊暗红的老旧血迹，昭示着这个棺木中曾经发生过怎样的人间惨剧！

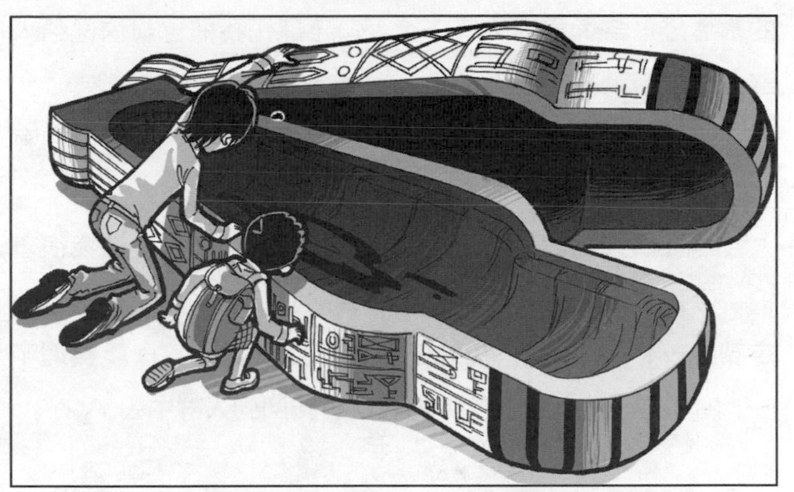

南翎强迫自己冷静下来，他一把拉住那个正与围观群众侃侃而谈的欧巴桑，沉声问道："那后来怎么样了呢？那个女孩到底去了什么地方？现在这口棺材里面可是空的啊！我妹妹……我妹妹……那个死掉的女孩到底去了什么地方！你告诉我啊！"

南翎的声音带着一种近乎绝望的悲凉，眼中是难耐的痛苦。

欧巴桑怔了一下，仿佛被他的哀伤所感染，停止了没完没了的八卦闲侃，用一种古怪异常的目光在南翎和小伙伴们身上扫了一圈，脸色一变，偷偷将大家拉离了人群，悄声说："我明白了，你们就是那个少女要我找的人吧！"

欧巴桑用近乎鬼祟的神情，从口袋里拿出一张皱巴巴的字条，塞给南翎："谢天谢地，我终于找到你们了！刚才那个棺木里的女孩……她在被工作人员抬走前，让我把刚刚发生的事情经过告诉周围的每一个人，还拜托我把这封信送给人群中最震惊和最悲伤的人！”

南翎和孩子们皱起眉头：死而复生的雪莉，难道还拥有了未卜先知的能力？

“她说的那群人，就是指你们吧！虽然那个情景使我很害怕，可我更害怕这个诡异的女孩会给我下什么诅咒，所以决定帮她一下……那么，我的任务就算完成了。”欧巴桑整理了一下她那有些发亮的金丝绒外套，重新回到人群中去了。

“这……难道是雪莉的死前留言吗？”南翎飞快地拆开了字条。

当他看清纸上的字，他原本清秀的脸变得扭曲起来，脸上的每个毛孔都极度收缩，但是眼睛里却浸满了难以置信的惊喜。他舔了舔发干的嘴唇，感到眼眶有一些发热：“这、这是雪莉的笔迹没错！这是雪莉写给我们的信！雪莉……她没有死！”

可说出这句话后就连他本人也陷入深深的迷惑之中：如果雪莉还活着，那三年前在他怀里闭上了眼睛的又是谁？这样的事，有可能吗？

多多从激动得双手发抖的南翎那里接过信笺，细细打量起来，但是，多多发现自己竟然看不懂！

这……这哪里是一封信，根本就是一张用混乱的汉字堆砌起来的信手涂鸦！

信上的每个字都用红笔画了一个“框”，将字完整地框在里面，而框的形状多种多样，分别有：△☆◇○⊿□和▱。

“会不会是哪个小孩子在雪莉的字条上随便恶作剧啊？”虎鲨猜测。

“不可能！字条是欧巴桑交给南翎的，总不见得是她涂改的吧！”婷婷马上推翻了虎鲨无厘头的想法。

墨多多摸摸鼻子，陷入思考。的确，乍看之下，这些框框圈圈完全没有任何的意义。但是，南翎已经肯定说这上面的字是雪莉的笔迹，那么这些记号原本就是雪莉标上去的……或许，她是想隐藏什么不愿意让其他人知道的内容？

“这……看来是一封密码信啊……”扶幽也发现了重点。

重新钻进多多背包的查理也从多多身后露出脑袋，审视着这张字条。

才一会儿工夫，多多的声音冷不丁响起：“在这些‘框’的里面，只有一个图形和其他图形的构造是不一样的，把这个图形所框定的文字连起来的话，说不定就是信的内容了！”

因为南翎在场，查理只能模仿多多的声音给大家提示。

面对大家奇怪的目光，多多只好干笑两声：“哈、哈、我……不愧是未来的名侦探啊！”说完，飞了一记眼刀给背后的查理，无声警告它不要再搞这种突然袭击，否则就给它好看！

南翎的眼睛再次在字条上扫视了一遍，脸色突然变得铁青起来：“这……这根本就是一封来自地狱的邀请函……”

Question 11 Lv. A

谜题十一 难度等级

地狱的邀请函

请根据查理的提示，破解信的内容。

【正确的解答在93页，快去验证一下吧。】

答案:
Answers

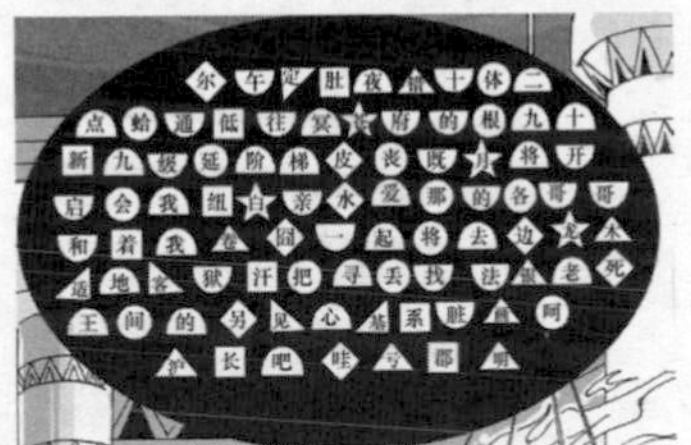

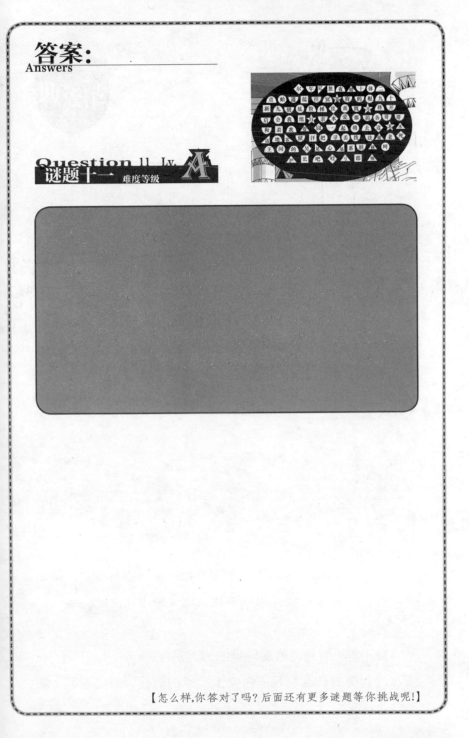

【怎么样,你答对了吗?后面还有更多谜题等你挑战呢!】

FILE 12 镜头十二

午夜十二点的抉(jué)择(zé)

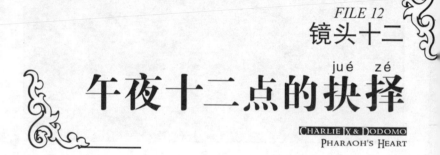

CHARLIE IX & DODOMO
PHARAOH'S HEART

雪莉的留言终于被破解了，但密码信上的内容令大家震惊不已：

午夜十二点，通往冥府的九十九级阶梯即将开启，我亲爱的哥哥，和我一起去地狱寻找法老王的心脏吧！

怪不得，南翎说这是地狱的邀请函！

这封信是什么意思？午夜十二点的时候，跟随雪莉，就

可以找到法老王的心脏吗？但是雪莉不是已经死了吗？她为什么要留下这样的信？

大家面色凝重，陷入了更大的疑惑之中。

婷婷对这件事情本来就很害怕，赶紧举起颤抖的小手建议："我们……我们还是快点报警吧，因为博物馆下午五点就关门了，根本不可能让我们一直待到午夜十二点钟的，所以，我们根本没有时间来破解这个案件，所以还是赶快报警把寻找法老王心脏的任务交给警察吧！"

南翎却摇着头说："不能报警！"

"为什么？"婷婷皱着可爱的小鼻头，不解地问。

南翎凝着脸，眼中含着深沉的痛楚，缓缓地解释说："名义上雪莉在三年前已经死亡，如果我们报警的话，我们要让警察来抓谁？是法老王还是雪莉？两个都不是活着的人，警察不把我们当疯子，肯定也会当成是恶作剧，一笑了之吧！而且，我总觉得三年前爷爷的案子另有隐情，事关我们家族的荣誉，我一定要查清楚！"

多多点点头，在心里给自己打气：既然已经找到至关重要的新线索了，未来的名侦探墨多多，怎么能半途而废！他一定要搞清楚事情的来龙去脉！

"不过这件事可能比你们想象的还要危险，虽然你们几个很聪明，但是，你们还是装作什么都不知道，参观完展览就回去吧……"南翎看出了婷婷的不安，抬手摸了摸她的头，"别担心，这是我的家事，我自己会处理好的！"

“哼！本大爷可是天不怕地不怕的小霸王！不管地狱还是什么的，我都要一起去！”虎鲨可不想错过这个可以当英雄的好机会。

“对了，查理老大，要是我做得好，你就让我做冒险队的代理队长吧！”说罢，虎鲨讨好地望向查理。

其他三个小伙伴的后脑勺刷出一排黑线，都什么时候了，虎鲨还在想什么代理队长！

“虎鲨去的话……我也去……”扶幽慢吞吞地说。

“我也要去！一开始雪莉选中的人就是我，她还给了我首饰盒呢！”多多也举手表态。

婷婷看到大家都不想放弃，也鼓起勇气说：“好吧！那我们就一鼓作气，把这件事情查个水落石出！”说着眼光转向查理。

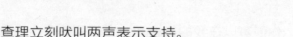

查理立刻吠叫两声表示支持。

南翎一头雾水地看着这几个孩子，他们在说些什么啊？什么冒险队？而且他们的老大似乎是那条叫查理的狗？

“那么，现在首要的问题是，我们要怎样才能在午夜十二点的时候再次进入博物馆呢？那时候这里早就关门了吧。”婷婷认真思考着行动计划，马上提出了新的疑问。

多多一时没有好的主意，就把问题推给了虎鲨：“是啊！该怎么办呢？代理队长大人，您，拿个主意吧……”他特别在“代理”二字上重重咬音，明显是想挖苦虎鲨。

虎鲨一愣，自然答不出多多的问题，于是他挥着拳头，气势汹汹地恐吓起多多：“哼，你有本事打得赢我吗？这种小事当然是由你这种手下去想。快说，你有什么办法！”

多多赶紧把查理挡在两人之间，侧过脸，求救似的看向婷婷。

婷婷想了想，转头看向扶幽，扶幽挠着脑袋无奈地看着虎鲨，四人兜了一圈，你看我我看你，谁也没想出办法。

“咳咳！”就在大家山穷水尽的时候，南翎清清嗓子，表情异常郑重地说，“你们真的决定和我一起去找雪莉，一起去找法老王的心脏？”

四个小伙伴认真地点了点头。

南翎打量着这四个刚认识不久的小学生，暗暗吃惊于他们非比寻常的胆量和勇气。

最后他下定决心似的咬咬牙，讲出了自己认为可行的方法：“我虽然是工作人员，但也不能把你们留在博物馆到十二点。不过，你们可以在我的宿舍里一直待到午夜十二点。这次展览主办方给我安排的宿舍紧邻着博物馆二楼的一排玻璃窗，恰好是我的一个学长曾经住过的，听说以前为了能够抄近路进入博物馆，他就在那排窗户上面动了手脚……那排窗户中有一扇窗户的窗锁和感应警报都是坏的，你们只要打开那扇玻璃窗，就可以进入博物馆二楼。到时候，我们……我们就在底楼大厅碰面好了。对了，他给那扇坏掉的窗户作了一个形象的比喻，叫'帮助之窗'，我倒是还没用过他这种方法，不过，应该可以进到博物馆的……"

小伙伴们一听，顿时眼睛一亮，有了南翎的帮助，他们就可以留在博物馆里了。但心细的婷婷却担心地问："我们这样做……真的可以吗？我们从你宿舍偷偷进入博物馆，万一被发现，不是会连累你丢掉工作吗？"

南翎抬起头来，双眼像点燃的火焰一样，目光亮得惊人："我不在乎！我只想找到法老王的心脏，见到雪莉的亡灵，如果可以的话，我还想替爷爷申冤！三年前的悲剧，我绝不想看到它再次发生在任何人的身上！"他语气激动，五官因情绪的痛苦而扭到一起。

一时之间，小伙伴们也不知道要怎么安慰他才好。

"跟我来。"南翎仿佛耗尽了精力般，塌着肩膀，脚步虚浮地带着几个孩子往自己的宿舍走去。

一路上他不再做声，气氛显得异常凝重。

到了宿舍之后，南翔交给多多一把钥匙，嘱咐他们要自

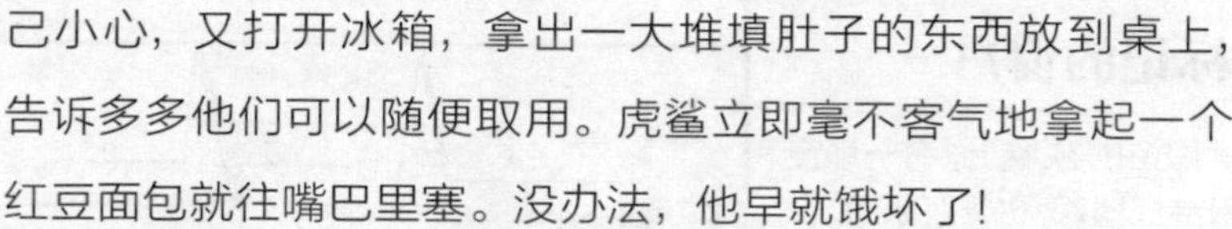

己小心，又打开冰箱，拿出一大堆填肚子的东西放到桌上，告诉多多他们可以随便取用。虎鲨立即毫不客气地拿起一个红豆面包就往嘴巴里塞。没办法，他早就饿坏了!

“那我先走了。”南翔关上门，回博物馆工作去了。

望着他离去的落寞背影，多多放下手中的巧克力派，叹息道：“如果可以的话，真希望能够帮上南翎哥哥的忙，找到法老王的心脏啊! ”

“对,我们还是先把‘帮助之窗’找到吧……”婷婷推开朝向博物馆的窗户，能够看到对面的墙上嵌着一排排窗户，以及窗户下方的数字编号。编号从 1-1370 开始，到 1-1379 结束。

扶幽和虎鲨也趴了过来，大家齐齐伸着脑袋。可是，他们却发现离宿舍接近的窗户至少有三扇，究竟哪一扇才是提供帮助的窗户呢? 如果进入错误的窗户，就会引起警报器尖啸!

“帮助之窗、帮助之窗……为什么要称为帮助之窗呢? ”多多反复念叨着。查理突然跳到了窗台上，朝着最左边的方向叫唤起来。

多多摸着鼻子：“难道查理是想告诉我们，答案是编号 1-1376 的窗户? ”

“可是为什么是这一扇呢? ”大家还是疑惑不解。

“‘帮助’……念成英文……就是‘help’! ”扶幽突然指着那行数字，“果然……是 1-1376 没错。”

“原来如此! ”婷婷和多多交换了一个理解的眼神，窗前只留下虎鲨“咦? 咦? ”的声音。

Question 12 Lv. B

谜题十二 难度等级

被标记的窗户

在博物馆的东墙上，有一扇窗锁和警报器都坏掉了的窗户，通过这扇窗户，就可以很方便地进出宿舍和博物馆。南翎看到这扇窗户的编号，幽默地给它打了一个形象的比方——帮助之窗，意思是这扇窗户为想要抄近路进入博物馆的人提供“帮助”。为什么1-1376就是真正的“帮助之窗”呢?

【正确的解答在101页，快去验证一下吧。】

答案:
Answers

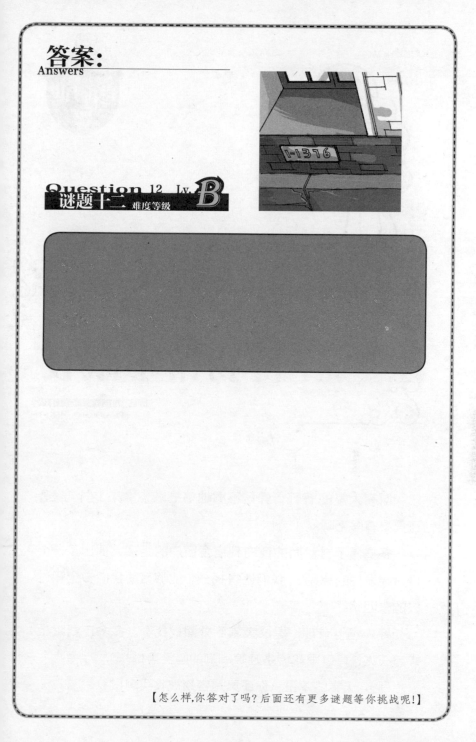

【怎么样,你答对了吗?后面还有更多谜题等你挑战呢!】

FILE 13

镜头十三

博物馆不眠夜

bó wù guǎn

CHARLIE IX & DODOMO
PHARAOH'S HEART

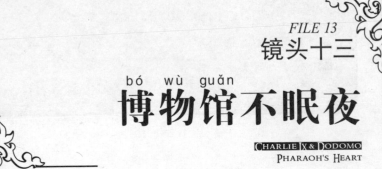

听完大家的解释，虎鲨不屑地瘪瘪嘴："嘁，这个学长，还真是有够无聊！"

多多看了看对面的窗户到宿舍窗户的距离，提出了一个极有建设性的意见："我们还得找一个能够帮助我们安全爬过去的东西啊。"

婷婷觉得有理，提议大家到外面找找看。多多正要跟上婷婷三人，背包里却传来哼哼唧唧的嗤笑声！

"哼，天真的笨蛋，你还真是容易被收买啊！"

那嗤笑声……居然是查理发出来的?!

“你们真的打算留到晚上十二点跟南翎一起去找雪莉吗?”查理从背包里伸出毛茸茸的脑袋。

“当然啊，这次的事件有很多神秘的疑点啊!留下了有什么不对吗?”多多面露疑惑，查理怎么问得那么奇怪。

“对，疑点还很多!”查理一反常态，忧心忡忡地说，“不知道为什么，我总觉得，南翎还有他的黑猫贝斯特……这其中隐藏着什么更深的秘密！我记得那只猫的眼神……那绝不是一只宠物猫会有的眼神！这是一种从未有过的可怕感觉，这次案件，也许已经超出了我能力预估的范围……也许我们应该放弃案件，把这起神秘的事件留给警察，或者让南翎自己解决……”查理的眼中闪过了一丝不安。

多多瞪大眼睛，不敢置信地看着查理，他家的“疯狗太郎”怎么会摆出如此的焦虑表情，还说着这样灰心丧气的话？一直以来，它身为冒险队的灵魂人物，给予了小伙伴们莫大的信心和勇气……

多多一把将查理从书桌上抱了起来，举在半空中左看右看，喃喃自语道：“啊……不会吧，你是我家的贱狗查理吧，该不是我今天早晨出门匆忙，抱错了吧？”

查理挥舞着两只前爪，愤怒地吼了一声：“废话！当然是我！你还看到有哪家狗能说人话的吗！”

多多眼睛狡黠地一亮：“真的是查理！我明白了，那你一定是被胆小鬼婷婷附身了！”

“什么！”查理真的生气了，额上暴起了一条突兀的青筋。

多多嘴角挂着坏笑，将整张脸都贴到了查理的鼻子上：“如果你害怕的话，就把冒险队老大的位子让给我吧！我会带领大家化解一切疑难危机的！”多多说完就得意地哈哈大笑起来。

“哼！好好记住我的警告吧！”查理翻了多多一记白眼，转过头去……它嘴上不说，心里却暗暗惊讶于墨多多的成长，

似乎超出了它想象的速度。

会变成什么样子呢？查理九世心里很是期待……

既然决定要继续，那么，就得有一个万全的计划。查理示意多多附耳过来："……如此这般……懂了吗？"

这时，虎鲨三人找来了一块宽大、结实的木板，用来爬到对面的窗台上，正好抬了进来。

查理不再说话，它决定把接下来的事交给墨多多，至于多多最后能做到什么程度，它拭目以待。

多多按照刚才查理的嘱咐，先让大家分别给家里打个电话，让爸妈放心……

有些疲惫的小伙伴们，决定在十二点来临之前先养精蓄锐，小睡片刻。

查理却将准备入睡的扶幽拖到书桌边，然后，叼出一张它刚才偷偷绘制好的电路图，摆在扶幽的面前。

"查理，你……你是让我按这个做出……小道具来？"扶幽挠着脑袋，拿起了电路图。

电路图的上方，写着"警报耳机电路图"几个字。

查理点点头。为了保证大家的安全，它将在多多爷爷那里学习过的技术也搬了出来。

扶幽的物理知识十分丰富，他利用百宝箱里的东西，很快就按照查理的要求完成了几个小道具。

Question 13 Lv.

谜题十三 难度等级

查理的电路图

查理要求扶幽帮它完成一个“警报耳机”的制作，这个装置要求必须用一根电线由A向B贯穿图中所有的元件，并且电线和电线之间不可以交错或重叠。扶幽是如何连接好电路的？

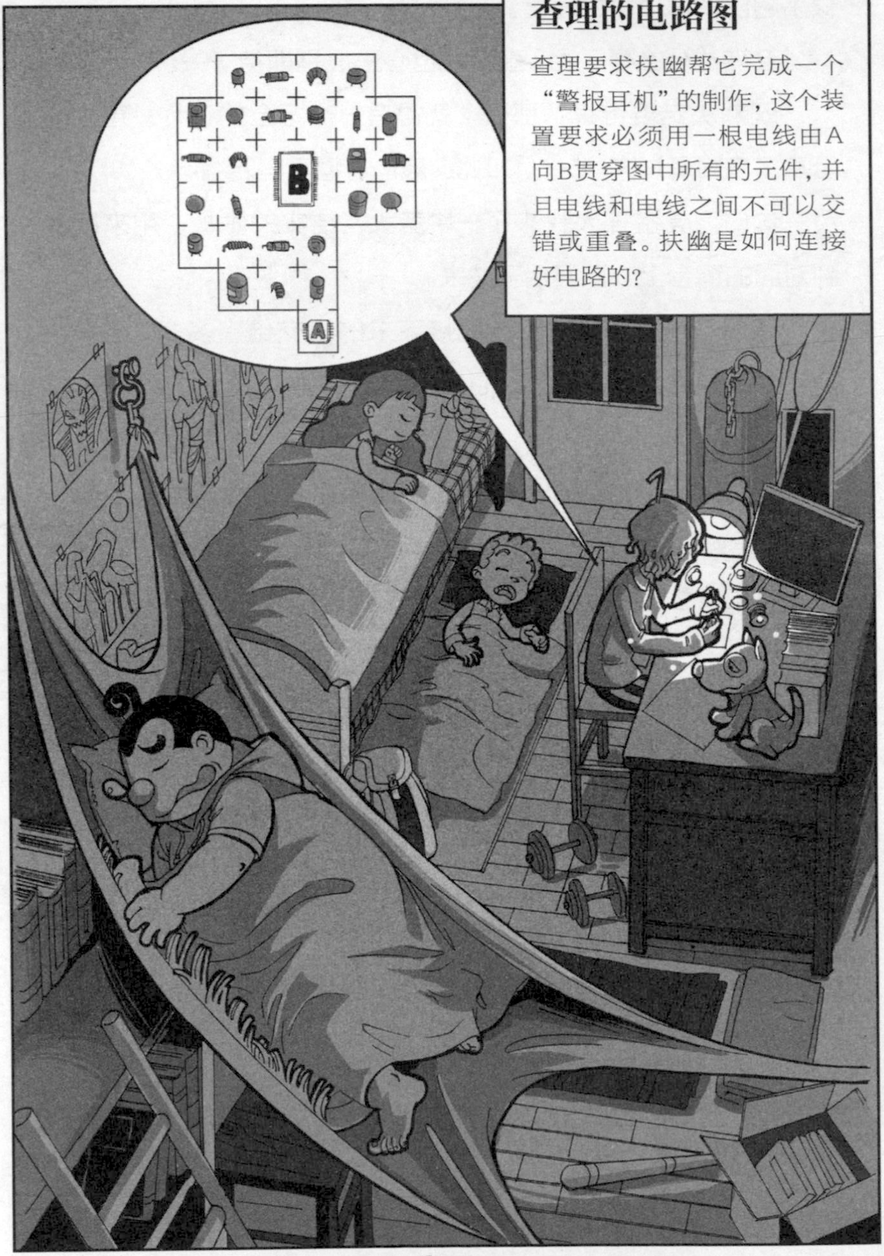

【正确的解答在109页，快去验证一下吧。】

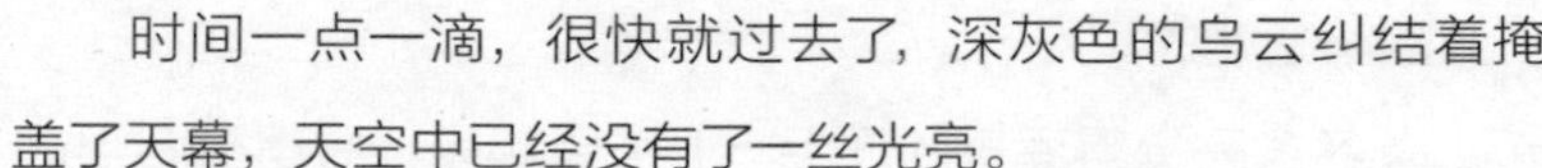

时间一点一滴，很快就过去了，深灰色的乌云纠结着掩盖了天幕，天空中已经没有了一丝光亮。

博物馆墙上老旧挂钟的锈蚀齿轮发出嘶哑的呻吟声，“当——当——”敲响了十二下……

月黑风高夜，小伙伴们扛着木板走到宿舍消防梯边，将木板搭上对面那扇“帮助之窗”，小心翼翼地依次爬了过去，顺利地进入了深夜的博物馆。

查理走在最前面，警觉地观察着四周，以防出现危险。扶幽拿着手电筒殿后。

小伙伴们这才感觉到，深夜的博物馆竟然是如此的可怕！那些在白天弥漫着浓重文化气息的美丽图腾，在黑夜里看起来，就像一片片张牙舞爪的噩梦。

四个小伙伴在和南翎约定的地方战战兢兢地等待着，博物馆里一片漆黑，多多觉得几乎要被黑暗活活掐断了脖子。

“其实我觉得天黑的时候，我们应该睡觉，或者玩点其他的什么……”虎鲨交叉着手掌，不停地说些有的没的缓解气氛，虽然无论说什么，片刻之后他都忘得一干二净！

多多清晰地听到自己的心跳声，他想起了查理的警告。

而一直警惕地踱来踱去的查理突然停下脚步，眼眸直直地盯住了前面的走廊！

一束幽黄色的灯火，忽然自远方隐现了出来……

幽黄色的灯火中，弥散着一丝妖娆的香气，嗅在鼻尖，令人身心困乏。那抹跳动的火焰在漆黑一团的博物馆里就像一盏幽幽咽咽的冥灯……

墨多多只觉得浑身的汗毛一下子竖起来，心里莫名浮起不祥的预感……

虎鲨壮着胆子吼道："谁在那里！"

"嗯哼哼哼——"回答他的，是一阵干涩的笑声。那笑声冰冷而没有一丝生气。

紧接着，传来了一个令人脚底生寒的声音："不要害怕，是我……"多多记得这个少女特有的清脆嗓音，此时此刻，听在大家耳中，却带来了一种浸入骨髓的恶寒。

一张苍白的脸孔从火光中幽幽地映了出来……

多多的目光扫过去，一刹那，他看清楚了来人的模样。墨多多的眼睛骤然瞪大，整个人都凉了半截！

那张脸……是雪莉！那个早就死掉了的雪莉！她的额头上面，甚至都还留着那两个可怕的子弹孔，弹孔附近，是一片早已凝固的暗红色血迹……但是她就这样……面色煞白地出现在了黑夜的博物馆中！

她的脸呈现一种深度失血后的青灰色，脸上挂着冰冷的笑容，嘴唇是难看的绛紫色。眼前的这个人，和白天他们看到的那个惊慌失措的少女判若两人。

小伙伴们像被高压电流通过一样，全身发麻，脑袋里一声轰鸣，然后……是一片空白……

答案:
Answers

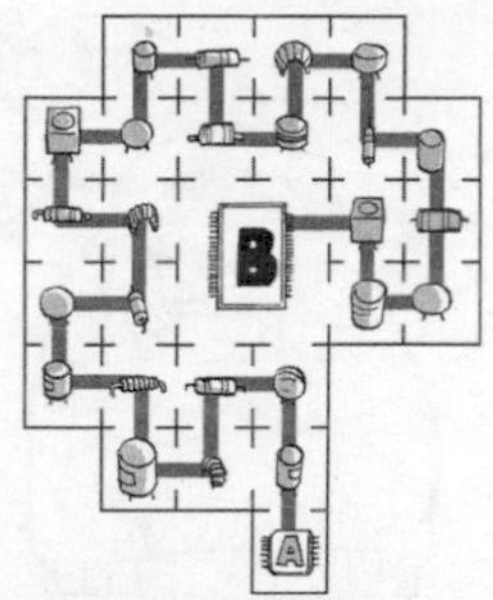

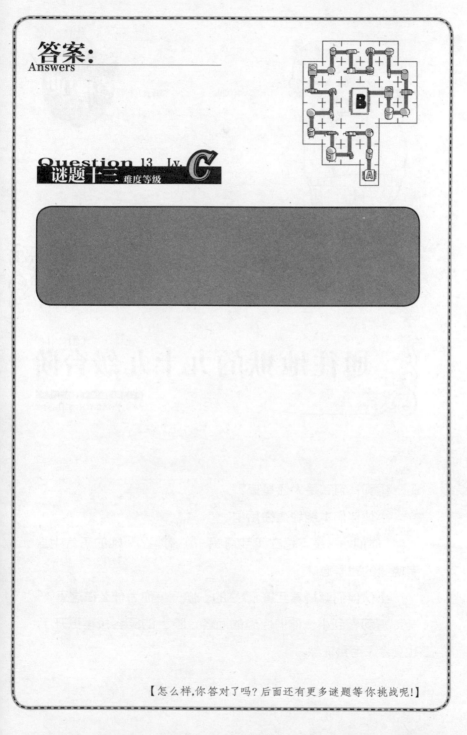

【怎么样,你答对了吗?后面还有更多谜题等你挑战呢!】

FILE 14

镜头十四

通往地狱的九十九级台阶(tái jiē)

CHARLIE IX & DODOMO
PHARAOH'S HEART

雪莉，到底是人还是鬼?

小伙伴们本能地直往后退。

“你们……是不是在等我哥哥……南翎? ”她的语气中含有明显的戏弄意味。

小伙伴们颤抖着回答 :“是的。你……你为什么在这里? ”

雪莉看到小伙伴们惊恐的面容，脸上的笑容拉得更开了，也更令人毛骨悚然。

FILE 14

镜头⑭ 通往地狱的九十九级台阶

“不要等了，南翎不会来了。”雪莉的瞳孔里满溢着骇人的血红色。

婷婷不敢看她的眼睛，仿佛只要和这样的目光接触就会被夺走三魂七魄一般。

“为、为什么？”多多哆哆嗦嗦地问。

“因为他犯下过滔天大罪，没有资格进入死者的国度……你们……不是要帮他寻找法老王的心脏吗？现在就由我来带你们去地狱吧，结果都一样，来吧！”雪莉浑身散发出一种致命的神秘磁场，她一扬手中的灯火，消失在了黑暗的尽头。

小伙伴们顿时倒吸一口冷气！

怎么办？他们是要追着雪莉去吗？南翎到现在还没有出现，他究竟去了什么地方？为什么雪莉说他犯下滔天大罪？雪莉又将把他们带到什么地方去呢?

小伙伴们心中七上八下忐忑不安，虎鲨急道:“怎么办?我们要跟上去吗?还是在这里继续等南翎?已经看不到雪莉的影子了!”

“不!我们不能等南翎，也不要追雪莉!”查理的声音异常冷静地响起。

“不能等南翎，也不要追雪莉?”这句话不仅虎鲨和扶幽没听懂，连聪明的婷婷也露出疑惑不解的目光。

“为什么?”多多也小声地问查理。

“第一，因为南翎没有来赴约，先前约定的地方已经不能保证安全，所以我们不能留下任何一个队员来等待他!第二，我刚才看过博物馆内的地图，雪莉离开的方向，只有一条废弃的地下甬道，甬道尽头并没有标明有第二条出路，这种有进无退的封闭道路，我们不能就这样冒险地跟上去!”

扶幽不解地追问:“那……怎么办?我们……回去?”

“当然不是。我们要确立一个最低限度的‘自保方案’，随后再跟踪雪莉!扶幽，把我让你做的‘警报耳机’分发一下……”

扶幽慌忙从百宝箱中掏出刚刚组装的几只“警报耳机”分发给了小伙伴们，并且要求小伙伴们打开耳机上的蓝牙接口——原来，这个“警报耳机”有定时连动装置，刚刚扶幽已经把它们和大家手机上的GPS系统调整到同步位置，每隔十分钟，“警报耳机”就会哔哔两下声音;如果他们中的任意

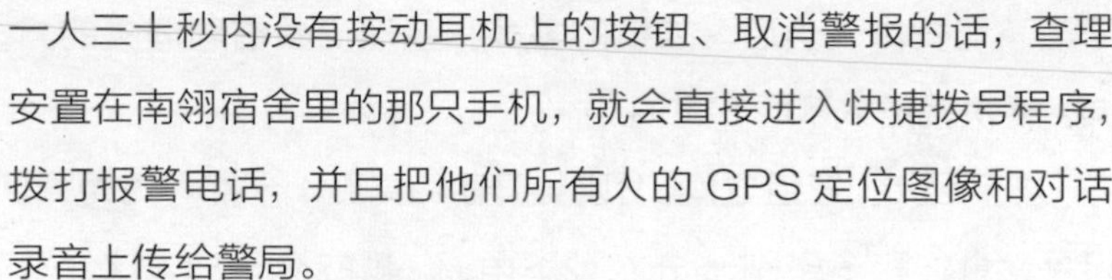

一人三十秒内没有按动耳机上的按钮、取消警报的话，查理安置在南翎宿舍里的那只手机，就会直接进入快捷拨号程序，拨打报警电话，并且把他们所有人的 GPS 定位图像和对话录音上传给警局。

无疑，大家的安全有了一定程度的保证。

“天哪，扶幽你真是个天才！”三个小伙伴感叹道。

等到警报耳机调试完毕，查理的声音又一次响起：“这是第一道保险；第二条战略，是我们必须要分组行动！”

分组？多多四人一听异口同声地表示反对：“不行！”

他们曾经因为在“尖叫婴儿的鬼屋”里面分组行动而差点让同伴陷入危险，所以大家下意识地不喜欢分组。只有鲁莽的虎鲨觉得无所谓，分组也可，不分也行。

“听我解释嘛，你们看，前面那条路只有一个出口，很容易遭到伏击和暗算，真有危险的话，我们和成年人相比毫无胜算。如果挤在一起行动的话，太容易被人家一网打尽了！鸡蛋不能放在一个篮子里，对吧？所以我们最好分开进入，拉开队伍距离，这样，最低限度可以保证一组队员的安全，同时也为另一组队员赢得了生机。”查理解释道。

因为是查理说的，伙伴们觉得异常有说服力，而且考虑得也比多多周到。于是大家开始分组。

四人一狗一共分为前中后三组：多多和查理是前组，负责侦查示警；扶幽是中组，负责道具掩护和前后接应；而虎鲨和婷婷是后组，具有最大机动性，负责守卫和撤退。

一切安排妥当后，前组的多多和查理沿着雪莉消失的方向，很快就进入了地下甬道。

按照约定，三组之间，分别拉开了约莫五十米的可见距离。可是，查理和多多刚一进入地下甬道，就立刻明白，这约莫五十米的“可见距离”对于黑暗中的小伙伴们来说，实在是太过遥远了。

无边无际的黑暗，让人迷失了距离感，即使有手机发出来的微弱光芒，也只能在茫茫的黑幕中打下一圈昏暗的光影，多多仍觉得跟处在大海波涛之中一样浑身无力。脚下更是漫长的石阶，那种半干半湿的触感沿着脚跟一直向上蔓延，一种……半生半死的感觉……每走一步，那些层层缠绕的回音，都像是来自地狱的召唤。

多多努力睁大眼睛，靠着那微弱的光晕辨别路途，心跳，就像 F1 赛道上的赛车一样，早就轰到了最大马力。他不安地抱紧了查理。

查理的尖牙在黑暗中闪着寒光，警惕地注视着前面的动静，不时还要通过“警报耳机”发送安全信息。

黑暗中，很容易让人产生孤立无援的感觉。即使同伴们也许真的就在不远处，但漫天席地的黑暗与孤独，像是一层层不安不祥的纱网，沉沉地披覆在他们的身上!

多多苍白着脸，感觉自己的双脚有些禁不住颤抖，他紧紧地抓着查理的皮毛，几乎要把查理掐痛了。

空气中，飘浮着一阵阵异香，多多双眼有些迷离，他不

自觉地喃喃自语起来："查理……你有没有听过'通往地狱的九十九级阶梯'这个古埃及的传说……"

"传说新月夜的午夜十二点，是不可以和路边的小孩搭讪的，因为那些孩子都是亡灵，他们会带着你去到一条很长很长的阶梯前，当你沿着阶梯走到第九十九级的时候，你就会看到灯火通明的地狱……"

查理咬着领结，责备道："多多，你这个笨蛋，现在，可不是讲鬼故事的好时间……"它试图阻止多多胡思乱想。

多多突然问道："我们……我们刚才走了多少级阶梯……二十？还是更多……"

"不对劲！这股异香……这个笨蛋……肯定中了招了！"查理着急地用爪子拍打多多的脸。

可迷糊的多多依然鬼使神差地数着数：

"二十一……"

"二十二……"

周围幽幽长长的回音在他惊恐的数数中显得尤为恐怖。

……

"九十七……"

"九十八——"

查理终于忍无可忍地低吼一声，张大嘴巴，狠狠地往多多手臂上咬去，准备强行制止他。

"哎哟……"多多一声惨叫，停止了数数！

"九十九——"黑暗中，一个冰冷的，来自地狱的声音，接着多多的声音，数出了最后一个数字！

昏黄的一点烛光在他们身边亮起！

雪莉那张惨白的脸几乎贴到了多多脸上，吓得多多差点尿裤子。

亡灵般的雪莉挂着那比哭还难看的笑容，低声道：“哦？只有你一个人来吗？其他人呢？”

多多一脸慌乱，他不明白，自己怎么好像迷迷糊糊就到了这个地方，从下楼梯开始，他就好像没了记忆……

雪莉诡异地大笑起来：“嘎嘎……你真是一个善良勇敢的笨蛋啊，不过没有关系，真理之羽在你身上，只要你一个人过来就可以了。”

多多一愣：“真理之羽？是……是什么东西？”

糟了！查理心想，看来事情正朝着它所想到的最糟糕的方向在发展……

Question 14 谜题十四

Lv. A 难度等级

小伙伴们的位置

在查理的安排下，小伙伴们分组进入黑暗的甬道。第一组是多多和查理，他们的速度是每秒4格台阶；第二组是扶幽，他的速度也是每秒4格台阶；第三组是婷婷和虎鲨，他们的速度是每秒2格台阶；现在已知甬道中每20格台阶为一层，当多多和查理走完一层台阶时，扶幽开始行动；当扶幽也走完一层台阶时，婷婷和虎鲨开始行动。当多多和查理遇到假扮雪莉的女亡灵时，他们已经爬到了地下11层，请问这时候，婷婷和虎鲨爬到第几层？

【正确的解答在118页，快去验证一下吧。】

答案:
Answers

Question 14 Lv. A
谜题十四 难度等级

【怎么样,你答对了吗?后面还有更多谜题等你挑战呢!】

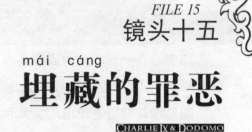

FILE 15

镜头十五

mái cáng
埋藏的罪恶

CHARLIE IX & DODOMO
PHARAOH'S HEART

雪莉狞笑着，向多多伸出了干枯的手："来吧，跟我一起去'地狱'寻找法老王的心脏吧，我将赐你无上的荣耀！"

那股妖娆的香气越来越浓，雪莉的声音忽远忽近，缥缈中透着蛊惑。

多多摸摸鼻子，神智昏迷地向她伸出手去……

"不要过去！"眼看雪莉就要抓到多多的手，一个虚弱的声音在黑暗中急吼着。

多多心头一颤，人也清醒许多……昏暗的烛光中，南翎扶着鲜血淋漓的肩膀出现在不远处的墙边。

南翎瞪着惊恐的双眼，恨恨地咬着牙吼道：“她……她根本不是我妹妹雪莉！”

多多一惊，但是已经来不及了，亡灵“雪莉”狞笑着一把掐住了他的手腕！

冰冷刺骨的指甲直直掐进了他的皮肤！

“你……你是什么人！放开我！”多多用力挣扎起来，但是没有用！这个女亡灵的双手竟然像铁钳般有力，任凭多多怎么挣扎，都仿佛只是她手中握着的一只小虫子，逃也逃不掉了！

查理跳下地，狠狠地咬向女亡灵，然而，即使查理的尖牙深深地刺入她的小腿，她却像没事一般，根本没把查理当一回事!

多多害怕极了，他觉得眼前的一切太荒谬太疯狂了……但他越挣扎越觉得疼痛。

猛然间，多多低头一看，发现那只钳制着他手腕的亡灵之手，在挣扎过程中，竟然迅速长出了密密麻麻的皱纹与暗黑色的斑点，就好像迅速变成了干尸一样!

“浑蛋! 放开他!”南翎惊叫着，拖着那只受伤的肩膀，想要冲过来帮忙。

但是，他刚刚移动一步，就听“哔”的一声轻响，一颗子弹从黑暗中划过，射穿了他另外一边的肩膀!

南翎发出难受的闷哼声，被子弹强烈的惯性带出几步远，跌倒在地。

一个胖女人出现在他身后，用手枪顶住了他的脑袋:“小帅哥，可别乱动哦，我很害怕……一害怕，手就抖……手一抖……”

握枪的女人嘻嘻笑着。

她……她竟然就是白天展厅里口若悬河的那个欧巴桑!

“你……怎么会是你? 你们到底是什么人? 雪莉呢?！那个请求我们帮助的亡灵雪莉在什么地方!”多多惊恐地质问着亡灵雪莉。

女亡灵仿佛听到了什么天大笑话似的，挥舞着干枯的手臂，大笑起来。那种笑声干巴巴的，好像失去水分的枯树枝，在风里凌乱颤抖。

她嘎嘎地笑道：“你问雪莉在哪里？雪莉死了啊！这种事情……南翎可比我清楚得多了，对不对？”

女亡灵轻蔑地瞥了南翎一眼，南翎顿时脸色煞白，像被人抽干了灵魂一样，剧烈地摇着头，尖叫道：“不、不、不是这样的……”

疯狂的女亡灵完全不顾他的绝望，一手钳制着多多，一手捏住了南翎的脸，冷冷笑道：“否认什么呢！你当然要比我清楚得多了！因为三年前，一枪打死了雪莉的人——就是你啊，南翎！”

多多浑身止不住地颤抖着：“你……你胡说！我不相信！南翎怎么会杀死自己的妹妹？”

女亡灵冷哼一声：“真是个死不回头的笨蛋！难道你看到他的脸，还不明白事情的真相吗？他从一开始就对你们说了谎！”

Question 15 谜题十五 Lv. D 难度等级

南翎的谎言

女亡灵说：“南翎从一开始就对你们说了谎，杀死雪莉的人根本就是他自己，而他这张脸就是他说谎的最充分证据！”请问，南翎究竟什么地方对小伙伴们说了谎，为什么他这张脸就是最充分的证据？

【正确的解答在126页，快去验证一下吧。】

欧巴桑用力扳过南翎的脸道："这三道疤痕，根本就是南翎枪杀雪莉以后，被黑猫贝斯特抓伤的！"

多多浑身一震："什么！"他简直不敢相信自己的耳朵！

南翎……南翎是杀死雪莉的凶手！他脸上的伤疤是黑猫贝斯特所伤！

怪不得……他第一次出现的时候，一脚就将贝斯特踢昏了过去……是因为害怕黑猫贝斯特再次攻击他吗？

多多下意识地远离南翎。

南翎却仿佛变了一个人似的。他安静地跪坐在地，身上的白色研究生制服早已被鲜血染透，但他好像并没有感觉到痛。"你……相信她……还是相信我？"南翔一脸平静地望着多多。

多多彻底陷入混乱之中，不知道该如何是好。

女亡灵很是幸灾乐祸，开口又爆出一个惊天内幕："相信你？他为什么要相信你？一个凶手？不要忘了，南翎，你杀死了你的亲妹妹，你爷爷为了保护你的前途，所以才宁可选择在监狱里自杀的！你……这个害死了自己全家人的凶手……凭什么要任何人相信你？"

多多和查理彻底迷茫起来——他们，谁说的才是真话？

一瞬间，南翎颓丧得好似要死去一般，连一点点辩驳的力量都没了，闷闷地咳嗽了几声，无力地说："我明白了……无论天涯海角，我都会帮你找到法老王的心脏。你……你放了这个孩子吧，他只是普通的游客而已，和整件事情根本没有关系。当我求你，放了他吧！”

多多觉得南翎的转变太奇怪了！如果他真的连亲妹妹都能狠下毒手，现在为什么还会想着保护自己？

一想到还有什么更深的内幕，正在黑暗深处涌动……多多的脑袋快炸了！

女亡灵冷笑起来：“嘎嘎……你自己都是泥菩萨过河，还求我放了他？凭什么？你答应帮我找法老王的心脏？你算什么东西！对我而言，你再也没有一丁点用！但是这个普通的游客孩子……哼哼……他却已经有了能够找到法老王心脏的钥匙！”

女亡灵一把掐住多多的脖子：“小鬼！你难道不想知道，黑猫贝斯特为什么不惜一切代价都想咬断你的喉咙吗？！”

墨多多脸色惨白，豆大的汗珠从头上滚滚而下，他双脚腾空，双手拼命挥舞，想要争到一口可以呼吸的空气。查理也是爪牙并用，向女亡灵发起又一轮的攻击。

南翎的眼底出现了惊恐：“你……难道……把那样东西……”

“就是你心中的那个‘难道’了……跟我走吧！我要把你们带去地狱！哈哈……”女亡灵猖狂地笑着，揪着多多，把他往黑暗深处拖去。

答案：
Answers

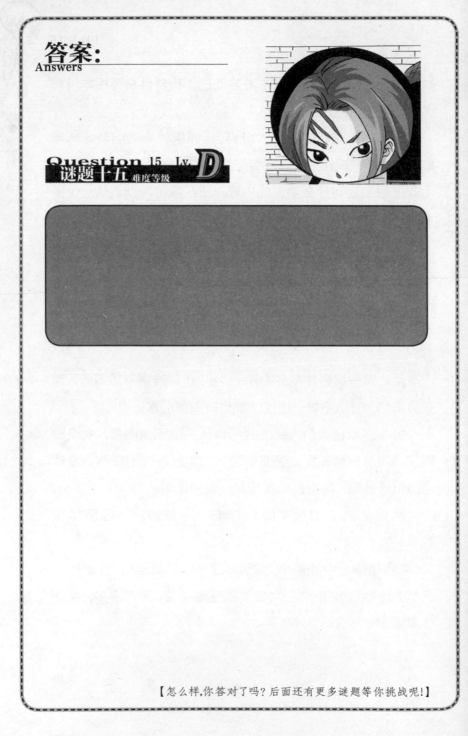

【怎么样,你答对了吗？后面还有更多谜题等你挑战呢!】

FILE 16 镜头十六

地狱盛宴的拍卖会

pāi mài huì

CHARLIE IX & DODOMO
PHARAOH'S HEART

痛……好痛！多多脚步踉跄地被女亡灵拽着，黑暗的视觉和妖娆的残香让他感到一阵阵眩晕……

为什么事情会变得如此可怕？

南翎真的杀死了自己的妹妹，害死了自己的爷爷吗？

如果雪莉真的已经死了，那么眼前这个女亡灵又是什么东西？她要把他带到什么地方去？为什么说他有那把可以找到法老王心脏的钥匙？

伙伴们都不在身边，查理也在欧巴桑的攻击下消失在黑暗中……他现在该怎么办?

多多不知道自己被女亡灵拖行了多久，猛然间，女亡灵扬手把他往地上一扔。

多多使劲撑起身体，眼前出现了一扇满是埃及图腾的大门，样式古典而厚重，粗大的圆柱上面涂着亮闪闪的金漆。

如果仅仅作为一名游客来参观，多多会认为这是一座神灵的殿堂，庄重不可侵犯，但现在他可不会这么想……

两个神情戒备的木乃伊侍从守在门口，拦住了他们的去路。

多多闻到了他们身上那种腥臭腐烂的气味，他们……不就是白天绑走亡灵“雪莉”的那些法老王侍从吗?！女亡灵为什么要到这里来?这是什么地方?她和这些木乃伊侍卫之间究竟是什么关系?墨多多脑袋里闪出好些问题——

多多一下子警醒过来，目光在女亡灵和两个木乃伊侍从之间来回扫视。

两个木乃伊侍从脸色不善地走向女亡灵，冷笑道：“还以为是谁呢，原来是‘恶童’索提斯夫人！怎么？白天让你在博物馆里侥幸逃跑了，晚上你又来这里自投罗网了？”

被他们称为“索提斯夫人”的女亡灵优雅一笑：“怎么会呢，我只是忽然想通了而已！你们 BOSS 白天的时候从我手里抢走了法老王心脏的‘灵魂容器’，而我手里已经握着‘真理之羽’，我们争夺了三年，谁都没有找到法老王的心脏！不如……我们今天就难得地合作一次吧！就在这三年一次的‘地狱盛宴’上，一起让法老王的心脏重见天日！至于利益嘛，转告你们 BOSS——我将这张纸片上缺少的那两个数字中的大份给他，小份给我自己，不知道他满意吗？”

索提斯夫人温文尔雅地递了一张金色的纸片过去。

两个木乃伊侍从狐疑地瞥了一眼索提斯夫人，其中一人带着纸片进去传话了，另一人则警惕地守在大门前，似乎有些忌惮这个矮小的索提斯夫人。

多多没有吱声，只是在旁默默地看着这一切。

不一会儿，那扇金碧辉煌的大门，轰然大开。

门内拥出一大群木乃伊侍从，他们在门旁站立成两排，一名头领走上前来，恭敬地说：“欢迎索提斯夫人光临！我们的 BOSS 说，索提斯夫人真是太慷慨了！祝大家合作愉快！请进！”

一股浓郁且古老的腐臭味道，从大门内部弥散而出。

Question 16 Lv. C

谜题十六 难度等级

索提斯夫人的分赃方式

索提斯夫人给了木乃伊BOSS一张密码纸条，说要把纸片上缺少的两个数字中的大份留给木乃伊BOSS，小份留给自己，木乃伊BOSS计算后，说："索提斯夫人真是太慷慨了！"请问索提斯夫人究竟向木乃伊BOSS提出了什么样的分赃方式呢？

（提示：图中数字是有规律的，B+D=E；E−A=C。）

A B C D E
6 2 0 4 6
7 2 1 6 8
5 4 2 3 7
4 2 ? 5 ?

【正确的解答在133页，快去验证一下吧。】

多多下意识就觉得不妙！他用力地挣扎着，惊恐地叫道：“这里是什么地方……我不要跟你进去！！放开我！放开我……”

索提斯夫人竖起一根干枯的食指，放在多多的唇上，轻轻道：“嘘！听话，很快就会结束。我带你去看一个你一辈子都不会有机会看到的美丽圣殿……”

多多望着那扇敞开的大门，像是看见一头食人的巨兽，拼命地摇头：“不！我不要去！”

“嚯嚯——”索提斯夫人怪笑着拎起多多，轻松地将他提在手里。

矮小的索提斯夫人居然力大无穷！

而她的身后，那个珠光宝气的欧巴桑正用枪押着遍体伤痕的南翎朝他们走来……

一群人在木乃伊侍从们的恭送下，走进了金碧辉煌的大门！

进门后，多多立刻被眼前的景象震慑了！

谁能想象，在博物馆的地下深处，竟然藏着一个如同宫殿般奢华的巨大会场！！

高大的墙壁上，挂着价值不菲的名家字画和精雕细琢的昂贵饰品。长长的大条桌上，摆满了琳琅的美酒佳肴、精致点心。鲜红的地毯，铺满整个宫殿。无数身着华贵礼服的外国男女，端着高脚葡萄酒杯，谈笑风生地穿梭在宫殿内部，不时跟熟人饮酒攀谈。这里没有一丝腐败的气味，有的只是一种穷奢极侈的生活态度，还有靡靡的音乐……

一个庄重而沉稳的声音通过扬声器，优雅地回荡在古埃及风格的精美梁垣中，朗朗播送着最新的成交价格："……今天的第十五件拍卖品：安息王朝阿萨西斯一世第十六公主木乃伊，最终以15亿欧元成交！"

这究竟是什么地方啊？怎么好像全世界所有的财富通通聚集到了这样一个暗藏封闭的空间中似的？！

多多瞠目结舌。

一个穿着燕尾服的瘦高外国人走了过来，对多多优雅地鞠躬行礼："欢迎光临'地狱盛宴'拍卖会，有幸进入这里的游客少年，即使死在黄金堆砌的拍卖台上，也将是您毕生的荣幸吧！"

燕尾服外国人看着多多，露出发自肺腑的温柔笑意，可是，他的下一句话，却像刀子一样，把多多捅个透心凉！

"您……就是今天最后一件拍卖品了！"

多多的心猛地一颤，停跳了！

答案:
Answers

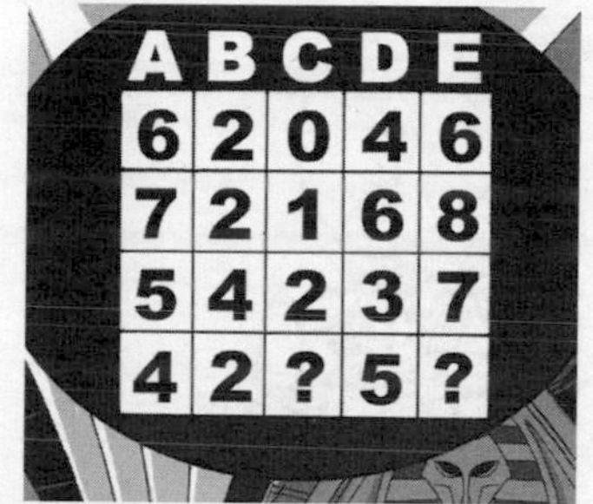

A B C D E
6 2 0 4 6
7 2 1 6 8
5 4 2 3 7
4 2 ? 5 ?

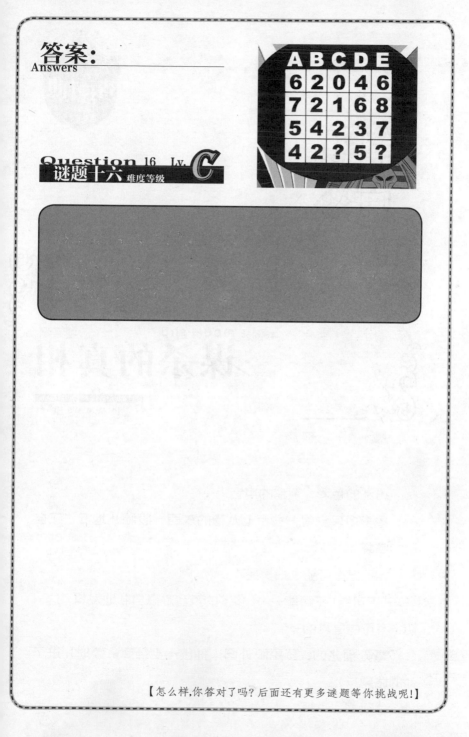

【怎么样,你答对了吗?后面还有更多谜题等你挑战呢!】

FILE 17

镜头十七

móu shā

谋杀的真相

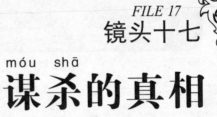

CHARLIE IX & DODOMO
PHARAOH'S HEART

纷乱的色彩，杂乱的声音……

墨多多只觉得一些乱七八糟的东西一股脑儿地灌进了自己的脑袋。

自己怎么可能是拍卖品?

“不可能! 不可能……”多多的声音难以自制地发抖，“这一切，不可能是真的……”

毫无预兆的，燕尾服外国人抽出一支针筒，猛地扎进了他的胳膊!

多多奋力一挣，只觉得全身的力量随着那针筒一下子被抽空了，他剧烈地抽搐了两下，便软倒在燕尾服的怀里。

燕尾服把多多扔还给索提斯夫人，沉声道：“抓紧时间吧！索提斯夫人！这可是三年一次的地狱盛宴，我们都期待您承诺已久的图特摩斯三世法老王心脏！”

索提斯夫人无声地一笑，拦腰提着多多，跟着燕尾服往宫殿中央的巨型拍卖台走去。

虽然多多浑身软绵绵的，但他的神智还很清醒，所以多多清楚地感觉到自己的手脚已经麻痹了，甚至连索提斯夫人抓着他的触觉都感觉不到！燕尾服那一针，一定是麻醉剂之类的吧。

我……我就要死了吗？想起还在家里等他回家的爸爸妈妈，想起婷婷、虎鲨、扶幽，再想起贱狗查理……多多的眼中流下了眼泪，无力地哭喊着：“你们……要干什么……求求你放我走……”

索提斯夫人淡漠地说：“别怕，我的孩子，我们需要用你的心脏，去打开法老王的灵魂容器。为了这颗价值连城的法老王之心，已经死了太多人，而你只是其中一个……很多事情，并不是你这个年龄所能了解的！”

多多的眼泪越落越凶，他感到前所未有的绝望。

“孩子，别怕。我们已经给你打了麻药，你不会感觉到任何疼痛。”索提斯夫人的安慰让多多从心底生出一种厌恶，这群家伙根本就是疯子！他们竟然铁了心准备要杀死他，以取得他的心脏！

Question 17 Lv. D
谜题十七 难度等级

真理之羽

回忆前文，索提斯夫人究竟是什么时候有机会将病毒植入多多身体里的呢？

【正确的解答在143页，快去验证一下吧。】

多多抽噎着问道："不……不要……为什么……为什么一定要用我的心脏……去打开那个法老王的灵魂容器……"

索提斯夫人眯起眼睛，坦言道："这个原因倒是可以告诉你，白天在博物馆的时候，我已经将一种名为'真理之羽'的病毒植入了你的身体里！"

"真理之羽"竟然是种病毒？而白天那个令人销魂的吻，竟然是一个"死亡之吻"！

多多不禁一颤，感到脖子处像着了火一般灼灼发烫。

"为了回报你的贡献，我就让你死个明白吧！"索提斯夫人脸上的笑容更甚，那简直是一种病态的疯狂！

接着，她向多多道出了令人无法置信的真相——

原来，根据南教授和他的助手孔苏的研究结果，如果想要打开法老王的灵魂容器，就必须需要一颗同样具有图特摩斯古代王族血统的活人心脏，当那两颗心脏在阿努比斯的天秤上达到平衡时，"法老王的灵魂容器"才能开启。但是，上哪里去找一颗埃及新王朝时期的活人心脏呢？

邪恶的索提斯夫人得知这个秘密后，本来想用埃及人孔苏的心脏来代替试试，但结果失败了，所以就只好重新另辟蹊径。经过三年的尝试，他们终于发现了"真理之羽"！它是生物学家从古埃及随葬品中提炼出来的一种病毒，可以通过皮肤接触渗入人的血液，从而短时间内改变人的血统基因！

白天的时候，索提斯夫人迫于被那群木乃伊工作人员追赶，只好无奈地将“真理之羽”偷偷植入了多多的体内。

但是她万万没有想到，从南教授那里抢来的“法老王灵魂容器”——就是那个藏着法老王心脏的灵魂容器，竟然被木乃伊 BOSS 抢走了，迫于无奈之下，她只得选择和 BOSS 合作，因为真理之羽的时效只有二十四小时！所以，索提斯夫人只好现身诱惑多多他们深夜来到博物馆……

“嘎嘎……反正——只要你交出心脏，我即使和木乃伊BOSS平分拍卖款，也能够得到几十亿欧元！”索提斯夫人丧心病狂地大笑着。

多多顿时感到天昏地暗：“我不明白……什么意思……那个首饰盒里面究竟藏着什么样的奥秘……查理已经说过它根本就不是古董了啊……”

索提斯夫人笑道：“那个首饰盒只是它的外壳而已！在它的内部有一个暗藏的机关，一旦机关被启动，首饰盒里面就会出现阿努比斯的影像，那个三维影像伴随着首饰盒里的海洛因香气，会让人产生痛苦的幻觉。南教授把法老王价值连城的‘灵魂容器’藏在了首饰盒里，希望阿努比斯的影像能够警告家中的孩子，不要靠近首饰盒！而那个 SOS 的求救信号，就是三年前他在绝望之中，刻在盒子上的！”

没想到那个可怕的阿努比斯，原来只是一个幻象！难怪，虎鲨和扶幽的攻击无效！

“果然……从一开始你就一直在欺骗我们……什么保护真理之羽、保护首饰盒，那都是你想要逃避木乃伊追踪而想出来的谎言！但是，但是贝斯特又是怎么回事？那只黑猫为什么发了疯一样地想要咬死我？”

索提斯夫人轻蔑地笑道："哼！贝斯特吗？它会毫不留情地攻击文物盗窃者。当时我已经把'真理之羽'的病毒植入了你的脖子，那种病毒会暂时性地改变你的血统基因，那只蠢猫恐怕是因为你血统基因的突变，而把你错认成了某种奇特的古埃及文物携带者吧……真蠢，亏得南教授还总把它当做猫神！”

多多气得浑身发抖，可惜他已落在这群人手里……一切都晚了！

“恶魔……那四个死者内脏的守护神……也是你搞的鬼吧！”

“那四个守护神只是三维影像而已，当时你已经感染了病毒，又中了能致人迷幻的迷雾，当然会产生错觉。难道你没发觉，这几个展厅内，都会有一种奇特的香味吗？”索提斯夫人一脸得意。

多多觉得脑袋轰隆隆地鸣叫着，之前自己和伙伴们所有的判断都被无情地推翻了："那么雪莉……雪莉又是怎么回事……如果你不是雪莉的话，为什么会和南翎长着几乎一模一样的脸……”

“你说这张脸吗？哈哈！”索提斯夫人哈哈大笑道，“这张脸当然会和南翎长得一模一样，因为——这本来就是雪莉的脸啊！如果不是这样，南翎这笨蛋又怎么会开枪打死自己的亲妹妹？”

“什……什么……”

“还不明白吗？我就是文物大盗‘索提斯夫人’！四年前，我为了盗取‘法老王之心’，先假扮雪莉最要好的朋友，混入南教授家，经过一年时间，我不但骗取了雪莉的友情和她所有的面部特征资料，也骗取了黑猫贝斯特的亲近。所以一年后，当我绑架雪莉，并且整容成她的样子再次进入教授家时，竟然谁都没有对我起疑心，就连那只蠢猫都依旧把我当成雪莉的朋友非常亲近，直到事发当天……”

隔着一米远的南翎忽然面色煞白地嘶吼道：“不！不要说了！！”他想要扑上来，却被欧巴桑用枪死死顶在脑门上。

索提斯夫人很是卖弄地继续说了下去——

“事发当天，我杀死孔苏，逼问南教授灵魂容器的秘密，却没有想到，南翎突然回来了，他亲眼看见我挖出孔苏的心脏放到天秤上，所以完全惊呆了！

南教授绝望地把手枪塞进南翎手中，南翎本来就把孔苏当做自己的亲哥哥一样，于是他愤怒地冲上二楼，对着雪莉开了枪……谢天谢地！真是好人有好报！我当天竟然心一软，把真正的雪莉带回了南教授家里，原本想着看在朋友一场的分上，等事成之后放了雪莉的，但是没想到，雪莉正好当了我的替死鬼！以至于直到现在，这个可怜的哥哥都还错认为是自己最疼爱的小妹妹杀死了孔苏，而他只是替孔苏报了仇，真是太悲惨了！其实我早就好心地已经提示过南翎，他杀错人了！那行我写在研究所墙上的蛇血字，不就是最好的证明吗？只可惜，南教授那老头至死都想替他的孙子守住这个秘密！啊哈哈哈哈……”

“什么？”南翎再也控制不了心头的震惊。

真相似乎轻易地击溃了南翎心中脆弱的防线，他全身一怔，失魂落魄地陷入了黑暗的阴影里面……

多多浑身酥软无力，气得话都说不出了：“你……你……你怎么可以这样！你不怕遭到报应吗！！”

索提斯夫人扯着鲜红的嘴角狞笑着，将多多抱到了拍卖展台上：“报应？那是什么东西？当你活到我这个岁数，就会明白这个世界上除了钱，什么都不能相信了！你当我真是一个十四岁的小鬼头吗？”

索提斯夫人面露狰狞地扬起了自己枯槁的手臂：“告诉你吧！我是一个永远都无法长大的侏儒，我只是将自己整容成了雪莉的模样，这只手臂……记载我丑陋的生命和真实的年龄！在这个世界上，我只相信钱！它能够改变一切！等你长大了以后，就会明白大人的世界了……可惜，你再也没有这个机会了！”

索提斯夫人猛地取出一把锋利的解剖刀，对准了多多的心脏！她要杀人！在大庭广众之下杀人！！

但是，拍卖台下密密麻麻的富豪们竟然毫无反应！他们仿佛没有意识到索提斯夫人正要杀死的是一个活生生的人类，反而充满期待地伸长了脖子，期待法老王心脏的出世！

疯了！疯了！难道这就是索提斯夫人口中，金钱和大人的世界吗？他们长大以后的世界会变成这样吗？多多心中莫名地充斥了悲哀和绝望，他仿佛用尽了一切力量般猛地咆哮起来：“不！不是这样的！即使长到一百岁一万岁，我也绝对不会变成你这样的人！”

索提斯夫人一声冷笑，抄起解剖刀就对准多多的心脏刺了下去：“你没有这个机会了！”

旁边的南翎嘶吼一声，猛地冲着索提斯夫人撞了过去：“不！不要杀他！你要心脏的话就挖走我的心脏好了！”

拍卖台旁边的木乃伊侍从毫不客气对着南翎一记耳光，将他打倒在地！索提斯夫人冷哼一声：“没用的小鬼！要不是你这种冲动的正义感，你妹妹雪莉也不会死得那么冤枉！现在，就让这孩子的热血永永远远地洒在这金光闪耀的拍卖台上吧！把法老王的灵魂容器拿出来！”

随着索提斯夫人的呼喊，燕尾服外国人托着一只雕有华贵古埃及王族图腾的巨大木箱走了上来，停在阿努比斯天秤的另外一端，幽声道："索提斯夫人，请掌握你下刀的时机，等我正好把法老王灵魂容器放到天秤右端的时候，你就挖出这个少年的心脏，放到天秤的左端，明白了吗？"

索提斯夫人贪婪地舔了舔自己的嘴唇，笑道："当然！"

她的眼中，似乎已经看到了堆积如山的财富！

答案：Answers

Question 17 Lv. D 谜题十七 难度等级

【怎么样，你答对了吗？后面还有更多谜题等你挑战呢！】

FILE 18

镜头十八

猫神贝斯特

bèi sī tè

CHARLIE IX & DODOMO
PHARAOH'S HEART

天啊！看来这场噩梦是醒不了了，与其继续活着与这可怕的命运抗争，还不如一了百了……

墨多多沮丧地闭上了眼睛。

燕尾服先生"咔嚓"打开了古埃及木箱上的金锁，缓缓地，缓缓地，打开了木箱的盖子——

一瞬间，空气似乎都凝固了！所有人都屏住了呼吸，等待着法老王灵魂容器的出现！

那将是怎样的一种圣景！

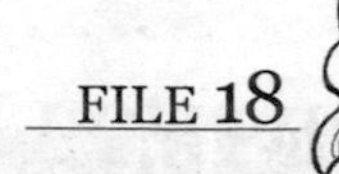

只听“吱呀”一声，盖子掀起了……

时间停止，画面定格——

没有？！

木箱里面根本就没有那个法老王的灵魂容器，有的……有的竟然……竟然是一只有些肥大壮硕的黑猫！！

“吼——”

那只巨大的黑猫脖子下带着极其奢华的古埃及王族饰物，碧绿的眼睛如地狱幽冥的鬼火，迸射出复仇的怒火！！

它猛地对着索提斯夫人露出了尖锐獠牙，嘶吼道：“打扰法老王安息的罪人！——吾以古埃及神明贝斯特的名义，赐予汝等死亡！！”

只听“嘶啦”一声爆响，展厅内所有电灯齐刷刷熄灭！

“那只……那只黑猫说了人话！埃及神明发怒了！”

宫殿里一片惊慌！那些世界顶端的富豪们畏惧了……

周围的木乃伊侍从们高声尖叫着：“不要惊慌！打开备用电源！那只是一只黑猫！开枪打死它！”

但是，在黑暗中，他们根本瞄不准漆黑一团的贝斯特！

突然，贝斯特冲着麦克风发出了一声完全不像猫叫的啸音！

那一刹，整个拍卖厅都在这声啸音中沸腾了！

所有贵妇人手中的宠物狗宠物猫都仿佛发了疯似的叫着，挣脱了主人的怀抱，飞也似的冲上展台围在了黑猫的周围！

贵妇人们抓狂般地尖叫起来：“天啊！所有……所有的动物都围到了它的脚边，那只……那只猫真的是古埃及猫神吗？”

Question 18 Lv. C
谜题十八 难度等级

猫神贝斯特

多多一眼就看出了贝斯特说话的原因，请在图中找出“猫神贝斯特”的真相！

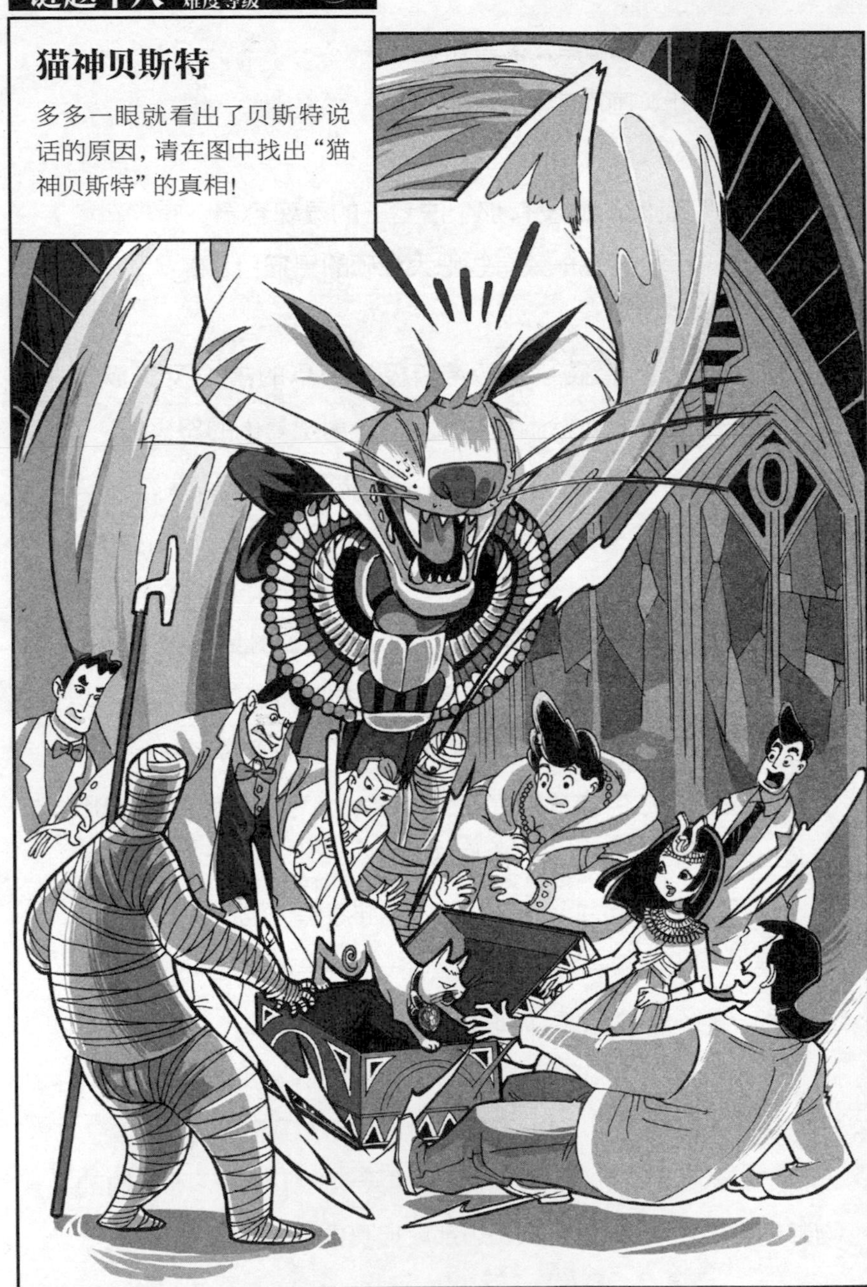

【正确的解答在150页，快去验证一下吧。】

贵妇人的尖叫声此起彼伏。啪的一声！拍卖厅的应急电源被紧急启动，所有人瞬间恢复了视觉，但是——他们立刻被眼前的情形惊呆了！！

一条狗？！一条穿着礼服的贱狗，正稳稳坐在猫神贝斯特的背上！！它手里拿着一截小小的银笛，睥睨着贪婪的人类，嘴里发出呜呜的吠叫声！

“查理？！”多多用力撑起身体，眼里燃起了希望。

查理毫不客气地一声吠叫，黑猫贝斯特跃向多多所在的地方，嘴里再次发出了低沉的人的声音：“站起来！快逃！”

多多一愣，当即就明白了他们现在的处境！

查理将变声领带戴在了黑猫贝斯特的脖子上，它通过贝斯特的嘴巴威吓全场，然后用狗笛驯服了这里的宠物。但是这又能支撑多久呢？大家很快就会发现贝斯特并不是真正的神猫了！

逃！一定要赶紧逃！多多用力地撑了一下身体想要站起，人却重重摔倒在展台上！恰在此时，刚才被贝斯特吓愣了的索提斯夫人清醒过来，面目狰狞地扑向了多多，大吼道：“我不管这猫是神是鬼——挡我财路者，统统去死！！”

索提斯夫人拿起明晃晃的解剖刀，凶恶地刺向多多的胸口。

只听“砰”的一声！多多没有中刀……

原本站在拍卖台边的一个又矮又胖的木乃伊，突然冲了出来，猛地抱住索提斯夫人的腰，将她整个人提起来，摔了出去。

索提斯夫人虽然力气不小却身形瘦小，胖木乃伊的突击竟然得逞了！

那个矮矮胖胖的木乃伊侍卫，摔倒索提斯夫人后，立刻上前背起了多多，大笑道："哈哈！冒险队代理队长虎鲨前来支援！！"

多多惊喜地对虎鲨竖起了大拇指！

时间紧迫，虎鲨迅速对蓝牙耳机高叫道："营救战术第一步计划完成！进入第二步！"

耳机中同时传来了婷婷和扶幽的声音："了解！"

"砰——"拍卖厅的金色大门打开了！一个瘦小的木乃伊出现在门前！看身形，应该是娇小的婷婷没错！

她趁所有的木乃伊侍从被黑猫贝斯特吸引到拍卖台上的时候，打开了拍卖厅的大门，所有人的目光都被吸引过去了。

而这时，扶幽的声音从耳机里传了出来："第三步……计

划执行！”

只听又一声“嘶啦”的爆鸣，展厅的灯光再一次熄灭！

扶幽又一次弄爆了展厅的电源！这次连备用电源都没了！！

婷婷的声音通过蓝牙耳机传了过来：“营救完成，现在——快走！”

虎鲨背起多多，查理骑着黑猫贝斯特，趁着黑暗飞也似的冲向了展厅的大门！

索提斯夫人歇斯底里地尖叫着：“开枪！开枪！杀了他们所有人！不要放走一个！”

但是她的声音淹没在一大群贵妇人们的惊叫中：“不不！不准开枪！！我们家宝贝还围在那只猫的身边！！不要伤到它，它比你们这些贱命加起来都贵重得多！”

索提斯夫人完全傻眼，一大群木乃伊侍从完全无计可施，只能眼睁睁看着四个小伙伴被一群猫猫狗狗拥护着，逃离而去！

眼看胜利在望了，然而——惨剧发生了！

一个阴惨惨的声音通过节电式麦克风响了起来：“真是一群了不得的小鬼，竟然将这里搞得一团乱。但是，你们是不是算漏了一件事情？”

大家心头一跳！那个声音……是他们曾经听过一次的“法老王”的声音！那个假装用金龟子恐吓索提斯夫人、想要她交出“真理之羽”的木乃伊 BOSS！！

小伙伴们脚下一停，转头看向拍卖台，燕尾服正用枪顶着南翎的脑袋，冷笑道：“你们再往前跨一步，我就打穿他的头！”

答案：
Answers

蝴蝶结变声器

Question 18 Lv. D
谜题十八 难度等级

【怎么样,你答对了吗？后面还有更多谜题等你挑战呢!】

FILE 19 镜头十九

táo
逃出生天

CHARLIE IX & DODOMO
PHARAOH'S HEART

那个燕尾服的外国人，竟然就是一直藏头露尾的木乃伊BOSS？！

小伙伴们纷纷僵在拍卖厅的大门口！！

怎么办？他们只差一步之遥，就可以离开这个群魔乱舞的拍卖厅！

“愣着做什么！快走！”南翎远远地对着他们喊。

木乃伊 BOSS 毫不留情地朝他脚下扣动了扳机，证明他手里的是货真价实的真枪实弹!

“下一枪……我就打穿他的脑袋! ”他的嘴角扬起胜利的笑容。

多多想起先前在地下走廊时，南翎哀求索提斯夫人放过自己的情景，他们怎能这样抛下南翎……

木乃伊BOSS冷笑道:“你们不是正义的冒险队吗? 要看这个无辜的少年为你们送命吗? ”

紧接着，木乃伊 BOSS 把枪口移动上来，对准了南翎的脑袋。

南翎平静地闭上了眼睛。

多多用力抹了抹就要掉下来的眼泪，深吸一口气，大叫起来:“不! 住手! 不要杀他! 我……我跟他换!”

什么? 不单木乃伊 BOSS，就连查理和小伙伴们都惊呆了!

多多颤抖着身子，扶着虎鲨的肩膀摇摇晃晃地站稳脚跟，颤声说:“你……你听不懂吗? 感染了‘真理之羽’病毒的人是我,只有我的心脏可以给你带来巨额财富不是吗! 你……你放了南翎! 放了我的同伴! 我……把心脏给你!!”

“多多!!”大家惊呼起来。

多多的声音抖得更厉害了:“你们……你们快走!!去报警! 把这些浑蛋们通通送进监狱!!”

木乃伊BOSS的脸上露出了讥嘲的笑意:“很好! 真是个天真愚蠢的家伙! 那你就把你的心脏交出来吧! 我立刻就放了南翎和你的同伴,让他们去报警,但是——那只会说话的猫要留下! 我要解剖了它，看看到底是什么埃及神在作怪!”

多多和查理对看一眼，查理对着他微微点了下头，骑着贝斯特慢慢地冲着木乃伊 BOSS 走了过去。多多仿佛得到了勇气一般，视线直直地迎上了木乃伊 BOSS 那张狰狞扭曲的脸，坚定地说道:“一言为定!”

多多挣脱了虎鲨的支撑，麻醉剂的药效正慢慢流失，只要扶着拍卖厅的椅子就能勉强向前走动了。多多的脚步异常沉重，每跨一步，就有大颗大颗的眼泪顺着脸颊流了下来。

木乃伊 BOSS 冷笑道:“很好! 真是个勇敢的蠢材，这么年轻就要死去，你不害怕?”

多多用力咬紧下唇，废话！他当然害怕！他害怕得几乎迈不动步子，但是……但是他就算长到一百岁一万岁，也不要变成索提斯夫人那样贪婪丑陋的大人！

婷婷、虎鲨和扶幽在后面焦急地呼唤着："不要！多多！"

可是多多没有回头，他颤抖着站到了阿努比斯天秤的旁边，咬牙道："你……快点放了大家！"

木乃伊 BOSS 一挥手，几个身强力壮的侍从走过来，将南翎拖到了拍卖厅的大门口！

侍从们从小伙伴们的身上，搜走了查理和贝斯特先前偷走的"灵魂容器"，就把他们通通赶了出去！

骚乱被平息了！

"地狱盛宴"拍卖展厅陷入了死一样的寂静！

所有人的视线，都被古埃及法老王的"灵魂容器"所吸引，几乎没有人在意刚才短暂的"突发事件"。一些人甚至开始窃窃私语，讨论起法老王的心脏将会以多少亿欧元起拍。

他们漠视一切，根本就没人关心一个孩子将被杀死！

木乃伊BOSS满意地将多多按倒在解剖台上，准备将他的心脏挖出。

"无耻的人类，不怕遭到神谴吗？"说话的是不知何时钻进来的黑猫贝斯特，它森冷的语调直让人心底发凉。

木乃伊 BOSS 毫不在意地冷笑起来："神谴？你是说你的谴责吗？该死的黑猫！不要着急，等我杀死这个逞英雄的小鬼，高价卖掉了法老王的心脏，立刻就把你送上解剖台和他做伴！”

黑猫贝斯特对他的威胁置若罔闻，它猛地瞪大了那双幽绿色的眼睛，露出了复仇的獠牙，怒吼道：“作恶多端，必将自食恶果！”

贝斯特的声音像是从地狱游弋而来的诅咒：“愚蠢的人类！难道还不明白吗？我们从一开始，就根本没准备逃跑过！之前所有战斗，都只是为了拖延时间而演的一场戏而已！”

“哈哈！猫也会演戏！”木乃伊 BOSS 擦着眼角笑出的泪花，不屑地说，“等你下到地狱，再接着演吧……”

他手中的手术刀，狠狠地扎下去！

就在千钧一发的时候，“砰”的一声巨响！

地下拍卖行的所有大门都被一股巨大的外力推开了！无数警察围堵在拍卖行的大门口！！

“根据可靠情报！这里正在进行非法贩卖文物的活动！我们将要封锁这里进行彻查！你们有权保持沉默……”

木乃伊 BOSS 一震：“怎么回事！”

“这就是完全由神导演的戏！”贝斯特的声音冷冷响起！

富豪们惊慌失措，尖叫着声称与他们无关，想要逃离会场。一瞬间，整个疯狂的“地狱盛宴”失控了！

木乃伊 BOSS 脸色铁青地惊吼起来：“为什么……为什么？这群该死的警察是从哪里冒出来的！”

Question 19 Lv. B
谜题十九 难度等级

贝斯特的戏码

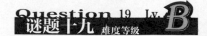

所有冒险队的队员都已经落入了木乃伊BOSS的魔掌，多多危在旦夕，但是成竹在胸的查理却依旧透过贝斯特的嘴巴，冷冷地嘲笑木乃伊BOSS终将自食恶果。回忆前面的内容，你知道查理做了什么样的布置让警察们及时赶到的？

【正确的解答在165页，快去验证一下吧。】

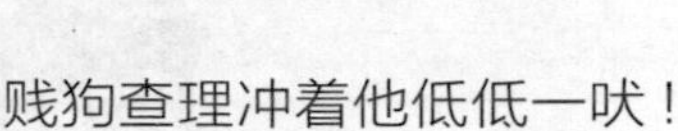

贱狗查理冲着他低低一吠！

“还不明白吗？”神明般冷酷的声音，从黑猫贝斯特的嘴里发了出来，“这里所有的非法行为，从一开始就通过我们的蓝牙耳机，传送到了警局！国际刑警早就因为找不到你们非法贩卖文物的证据，而非常头疼呢！现在——贪婪愚蠢的人类，接受你应得的报应吧！”

木乃伊 BOSS 震怒：“你……你……你们……”他猛地举起解剖刀刺向了多多：“畜生！就算死，我也要得到‘法老王之心’！！”他似乎仍不死心。

贱狗查理和黑猫贝斯特一声嘶吼，同时冲着木乃伊 BOSS 扑了上去……

不知道是谁弄开了地狱盛宴拍卖会上的扬声器，一首古埃及诗歌，在混乱丑陋的拍卖会场中回旋缭绕：

——只有人，他的寿命不会很长，无论他做什么，都是一场虚无。

迅速拥入的国际刑警，以迅雷不及掩耳的速度逮捕了文物走私者。大批与会的外国富豪，还来不及拿走高价拍下的展品，就被刑警们请进了警局。

事件，终于尘埃落定。

FILE 20

镜头二十

líng hún

灵魂的思念

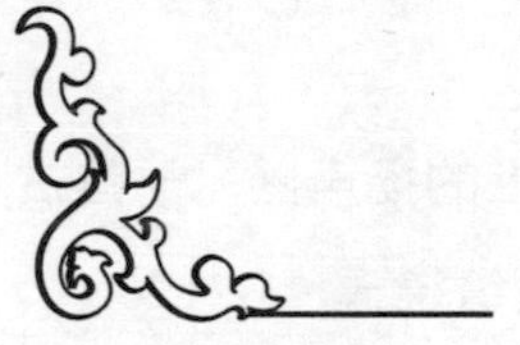

CHARLIE IX & DODOMO
PHARAOH'S HEART

第二日，城市早报上报道了“地狱盛宴”非法拍卖行被国际刑警查封的新闻！

木乃伊 BOSS 和索提斯夫人付出了应有的代价，等待他们的，将是无尽期的牢狱……三年前南教授制造的连环杀人冤案，也终于沉冤得雪！

英勇的小学生冒险队员们受到了警察叔叔的表彰。可惜，为了不让爸爸妈妈们担心，墨多多四人婉言拒绝了记者们递上来的“麦克风”，悄悄地从招待会上溜走了。

“唉！多可惜啊。这么好的机会……可以让我们冒险队名声大噪……”虎鲨还念念不忘地望着身后的记者招待会。

多多摸着鼻子，低头看向身边的小狗查理：“名声大噪，我们以后有的是机会！对吧，查理！”

查理点点头，对多多他们这次的表现很满意。

扶幽拍拍多多的肩膀，庆幸他没什么事，病毒的时效也过了。

“不过……接下来的，恐怕是爸爸妈妈的软禁吧！”婷婷叹了口气。

虎鲨全身一震，老爸老妈的巴掌可不是开玩笑的……

不过，还活着的感觉真是太好了！四人一狗抱作一团。

“汪汪！”查理突然吠叫了两声，摆出正襟危坐的表情，“那么，恭喜您获得世界冒险协会颁发的‘谜境徽章’，尊敬的‘破谜者'——墨多多，咳！墨小侠阁下。"配合着这句话，查理起身对多多慢慢地低下了头，像是行了一个古老而又严肃的礼。同时，多多口袋内某个东西泛起月光般的光泽。

多多掏出来一看，这不是从"尖叫婴儿鬼屋"出来以后莫名奇妙出现在他身上的奇怪徽章吗？上面还写着"好奇心"三个字。

怎么回事？四个小朋友面面相觑。

"破谜者？好像在哪里听过……查理，你该不会还有什么瞒着我们吧？"其实多多隐隐觉得，自从查理来到他们家以后，发生的这一切令人尖叫的事情没这么简单……

只见查理神秘一笑，又从口袋里掏出另外三个徽章，递给婷婷、虎鲨和扶幽，并对他们行了同样的礼。

虽然都是"谜境徽章"，但婷婷得到的是"智慧"，虎鲨得到的是"勇气"，扶幽得到的是"创造力"。

查理用小爪子整整领结，正经八百地开始解释道："尊敬的破谜者们，世界冒险协会是全世界冒险家们的大本营，墨爷爷也是协会的委员。大凡存有未解之谜的地方，世界冒险协会都会将之认定为'谜境'。

而冒险协会会员的任务包括：

①破谜（破解人为案件等）；

②搜寻宝藏；

③遗迹探索：发掘、保护曾经存在的远古文明遗迹；

④珍兽保护：保护即将灭绝的动物，维护地球的生态

平衡；

⑤探索未知领域；

⑥赏金类：逮捕通缉犯、保镖等。

“你们误打误撞地破解了‘尖叫婴儿的鬼宅’和‘乌鸦城’这两个存在了多年的‘谜境’，和‘校园贪污案’、‘地狱拍卖会’两个案件。因此根据你们个人的能力，世界冒险协会颁发了‘谜境资格徽章’给大家，希望你们再接再厉，争取更高的荣誉。”

小伙伴们听完查理的话，愣了好一会儿才回过神，他们盯着手里的徽章，小脸上浮现出惊喜的笑容。

他们是“世界冒险协会”承认的了不起的“破谜者”了！

“那么，积分已经开始了，大家加油吧！”查理神秘一笑。

这时，墨多多脑袋里冒出一个新的念头：“查理你这只黑心眼的坏狗，你还有什么瞒着我们的事吧？”

“未来的名侦探墨多多”似乎沦为了任性的神秘小狗“查理九世”的玩具。

大家哈哈大笑，“哇啊！世界颠倒了啊！”墨多多作悲呼状。

三个星期后，重伤的南翎苏醒过来和小伙伴们见了面。

南翎告诉小伙伴们，南教授生前就不喜欢公式化的事情，所以决定将南教授和雪莉的骨灰，撒进尼罗河里，并且在那里留下一块没有名字的碑文，碑文上只是简单地叙述了南教授的生平，并且记载了南教授离世时的年龄。

“如果……你们猜中爷爷的年龄，就会有临别的礼物赠予哦！”南翎看来恢复得不错，至少精神很好。

南教授的墓碑上，写着这样一段他的生平：

过路的朋友，这是我一生的经历：我的生命前1/7是快乐的童年，过完童年，我花了1/4的生命钻研学问；在此之后，我结了婚，婚后5年，我有了一个儿子，感到非常幸福，可惜我的孩子在世上的光阴只有我的一半。儿子死后，我和我的孙子一起度过了4年光阴后，我的一生结束了。

多多看着南教授的生平，感到非常为难。

虎鲨完全没有头绪，干脆地放弃，去抓虫子玩去了。

扶幽支支吾吾了半天，没有说出个所以然。

但是成绩优秀的婷婷只是在纸上算了几笔，列出一个数学公式，马上就说出了南教授的年龄！

Question 20 谜题二十 Lv. A 难度等级

南教授的年龄

南教授的墓碑上，写着这样一段他的生平（如图）。
请问南教授的年龄究竟是多少？

过路的朋友，这是我一生的经历：我的生命前七分之一是快乐的童年，过完童年，我花了四分之一的生命钻研学问；在此之后我结了婚，婚后五年，我有了一个儿子，感到非常幸福，可惜我的孩子在世上的光阴只有我的一半。儿子死后，我和我的孙子一起度过了四年光阴后，我的一生结束了。
南教授

【正确的解答在165页，快去验证一下吧。】

南翎向她竖起大拇指，然后把一只镶有荷鲁斯之眼的手镯送给婷婷，作为临别的礼物。

“只是,猫神‘贝斯特’怎么会说话呢？”南翎觉得很奇怪，这么多年下来，他从来不知道这只黑猫居然会讲话……

只有多多和查理相视而笑。

“谁知道呢,也许这个世界上并没有神明,但是生者与死者的思念,却是永恒存在的！”南翎自嘲地笑道,然后看了看跟查理待在一起的贝斯特。

贝斯特迈着优雅的猫步，走到查理身边，异常温柔地蹭了一下查理的脸颊，高贵绝美得仿佛千年前的古埃及艳后!

查理立即眼冒红心翻倒在地，一脸晕乎乎的表情!

“查理，快起来，身上脏了要回去洗澡！”多多拎起躺在地上的查理。

查理呆呆地喃喃道：“呵呵呵……我……我今天晚上不洗泡泡浴了……呵呵呵呵……”极不情愿地扭来扭去。

婷婷疑惑不解：“怎么了，查理不是讨厌猫吗？”

多多顿时没好气地翻了那条贱狗一个大白眼：“因为贝斯特……是一只母猫……”

“啊……色狗！”

—【第四部完】—

CHARLIE IX PRODUCTION COMMITTEE

答案：
Answers

Question 19 Lv. B
谜题十九 难度等级

Question 20 Lv. A
谜题二十 难度等级

【怎么样,你答对了吗?后面还有更多谜题等你挑战呢!】

CHARLIE IX & DODOMO

查理九世

第五册

《恶魔医务室》

火焰中的亡灵——恶魔医生杰森拿出了闪着银光的解剖刀，就要将多多开膛破肚了……

艰难险境，是什么让他们死里逃生？

传说，命运的齿轮已经开始转动，恶魔之子已经复活！

的羽翼，铺天盖地而来。

快来帮帮我们!!

恐怖的恶魔医务室，
究竟封存着怎样的秘密？
DODO冒险队能否挣脱恶魔的魔爪，
化险为夷？

Dodomo in wonderland

墨多多与查理九世

超级大侦探教室

Super Detective Classroom

密室寻宝，险境求生，
观察力、逻辑推理能力、判断力，缺一不可。
接受挑战吧！
下一个冒险王，就是你！

PLAY TIME

CASE 01. 伪造的线索

查理为了考察多多的观察能力，给多多看了一张画。画面看上去像是有人从悬崖上跳入大海，但是查理告诉多多，这一切都是伪造的。为什么呢？

因为悬崖下面是沙滩，而不是大海。

CASE 02. 合理分油

桌上有24斤油，现在只有盛5斤、11斤和13斤的容器各一个，如何才能将油分成三等份？

先把13斤的容器倒满，然后用13斤的倒满5斤的，此时13斤容器中就剩下8斤，也就是24斤的1/3了。将这8斤倒入11斤的容器中，完成一个等份。再将5斤和油桶剩余的倒满13斤的容器，按第一次的方法，再操作一次，完成两个等份。

CASE 03. 吃饼干的速度

15块饼干。最开始的人吃了1块，把剩下的平分，分给两个人。拿到饼干的两个人像之前一样，吃了1块，然后分别平分给两个人。

吃1块饼干的时间是1分钟，中间转手的时间不计，吃饼干的人数不限，这些饼干最快几分钟被吃完？

4分钟。

玩转脑细胞

CASE 04. 不可思议的潜水服

暑假时多多一家来到海边玩耍，来到一个出售潜水用具的商店，老板向多多爸爸推销一款最新的潜水衣，并说道：“海底工作人员就是穿着这款潜水衣，去打捞泰坦尼克号沉船的！”查理听了以后不屑地用多多的声音说了两个字：“撒谎！”

泰坦尼克号沉得非常深，穿着潜水衣潜不到需要的深度，打捞工作都是让潜水艇和海底机器人执行的。

玩转脑细胞

CASE 05. 行驶的方向

多多和婷婷在放学回家的路上看到了一排明显的车轮痕迹，婷婷问多多：“你知道汽车是往哪个方向开的吗？”多多看了一下地上的车轮痕迹，想也没想就说出了正确答案。

根据车轮溅起水花的方向。

玩转脑细胞

CASE 06. 太空奥秘

杂志《太空奥秘》里面有段描写，说宇航员听到身后有恐怖的怪声，回头一看，居然有一个绿色皮肤的外星人！多多看得胆战心惊，可是查理却不以为然，说这个情节完全是虚构的。为什么？

在没有空气的太空，声音是无法传播的。宇航员无法听到宇航服以外的任何声音。

玩转脑细胞

CASE 07. 不合理的演出服

今年学校举办了一次盛大的交响音乐会，来了一群音乐人，但是查理却说其中一个人有问题，知道是谁吗？

穿超短裙的大提琴手。因为演奏时需要分开双腿，将大提琴放在两腿之间，所以穿超短裙的人是不可能拉大提琴的。

玩转脑细胞

CASE 08. 独闯日本的怪胎

“怪胎”同学向冒险队的人炫耀，说他到过日本，并拿出了照片炫耀。见多识广的婷婷只看了一眼，就揭穿了他的谎言。

日本的汽车一般右边为驾驶室，而照片中的驾驶室在车的左边。

CASE 09. 流传万年的化石谎言

多多兴奋地摆弄着手中一根不知名的骨头，那是他从网上邮购的，据说是雷龙的牙齿，大家都羡慕地围了过来看。可是扶幽却说：“多多你肯定被骗了……”

因为雷龙是草食性恐龙，不可能有锋利尖锐的牙齿。

玩转脑细胞

CASE 10. 保护区奇遇

侦探队来到某个自然保护区游玩，突然远处传来一声枪声，小伙伴们马上寻声跑去，看到地上躺着一只大熊猫。“这可是国家保护动物啊，我得报警！”多多急了。“不用着急，这不是偷猎者干的。”原来是查理说话了。它为什么这么说？

熊猫的屁股上插着麻醉针头，开枪的人是兽医。

古堡幽灵

多多他们进入了古堡的大门，黑洞洞的入口处亮起一团飘忽的鬼火，小伙伴们定睛一看，妈呀，有鬼啊！根据数字的提示来连连看吧，你马上就会知道令多多他们毛骨悚然的鬼怪到底是什么了！

开门的钥匙

扶幽是今天的校内值日生，他拿到了校园内所有门锁的钥匙，但是有一把钥匙开不了下面这些门，你知道是哪一把吗？

钥匙E

超级大侦探教室
Super Detective Classroom

游戏总动员

最先到达的地方

哥伦布冒险航海绕地球时，最先到达的地方是现在的哪里呢？

① 美国东北部　② 中美洲群岛　③ 巴西
④ 非洲好望角　⑤ 以上都不是

请登陆《查理九世》腾讯儿童专区 http://kid.qq.com/chali.htm，查询答案。

游戏总动员

真正的罪犯

扶幽的哥哥扶刚接到线报，有一位银行行长被谋杀了。警方经过一番努力搜查，将大麻子、小矮子和刀疤脸三个嫌疑犯带回问讯，他们的供词如下：

大麻子："小矮子没有杀人！"

小矮子："他说的是真的！"

刀疤脸："大麻子在说谎！"

结果是，三人中有人说谎，不过真正的犯人倒是说了实话。

请问，你知道杀人犯是哪一个吗？

请登陆《查理九世》腾讯儿童专区 http://kid.qq.com/chali.htm，查询答案。

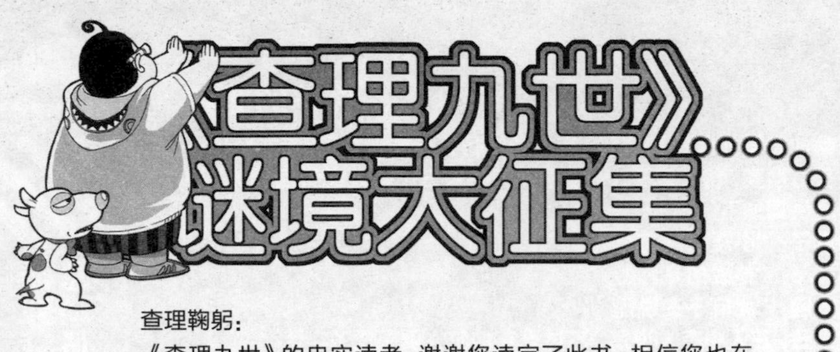

查理鞠躬：

《查理九世》的忠实读者，谢谢您读完了此书，相信您也在阅读过程中知道了墨多多和他的伙伴们已经成为了合格的“破谜者”，也获得了世界冒险协会颁发的“谜境徽章”。

在此，协会需要做一个谜境大征集的活动，希望您能踊跃参加讨论，赢得我们为各位准备的各种小礼品……

（墨多多插入：“查理，还没好吗？下午茶时间到了！查理：咳咳咳……马上来！！）

查理调整领结，作严肃状：

您的心目中是不是存有一个“谜境之地”？您认为什么地方才能够称之为谜境？在这些谜境中可能存在着什么样的危险？

（墨多多第二次插入：“查理，巧克力派只剩一个了！你还要不要啊？查理：闭嘴，我在忙，巧克力派给我留着！！）

查理扭回头：

如果您的心里已有答案，**请登陆《查理九世》腾讯儿童专区 http://kid.qq.com/chali.htm**，输入您的答案！还可以参加定期举行的幸运大抽奖活动，有机会获得Q币、QQ公仔、QQ秀、炫酷小礼品等，奖品多多，惊喜多多！还等什么，快来加入《查理九世》王国吧！

获奖者名单将在《查理九世》腾讯儿童专区内公布。

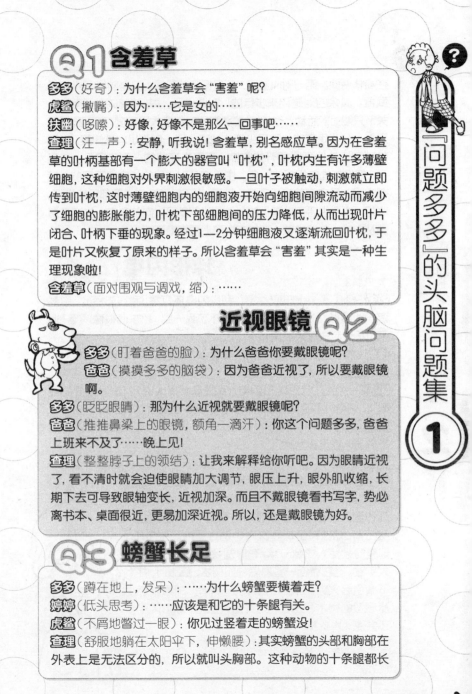

Q1 含羞草

多多（好奇）：为什么含羞草会“害羞”呢？
虎鲨（撇嘴）：因为……它是女的……
扶幽（哆嗦）：好像，好像不是那么一回事吧……
查理（汪一声）：安静，听我说！含羞草，别名感应草。因为在含羞草的叶柄基部有一个膨大的器官叫“叶枕”，叶枕内生有许多薄壁细胞，这种细胞对外界刺激很敏感。一旦叶子被触动，刺激就立即传到叶枕，这时薄壁细胞内的细胞液开始向细胞间隙流动而减少了细胞的膨胀能力，叶枕下部细胞间的压力降低，从而出现叶片闭合、叶柄下垂的现象。经过1—2分钟细胞液又逐渐流回叶枕，于是叶片又恢复了原来的样子。所以含羞草会“害羞”其实是一种生理现象啦！
含羞草（面对围观与调戏，缩）：……

近视眼镜 Q2

多多（盯着爸爸的脸）：为什么爸爸你要戴眼镜呢？
爸爸（摸摸多多的脑袋）：因为爸爸近视了，所以要戴眼镜啊。
多多（眨眨眼睛）：那为什么近视就要戴眼镜呢？
爸爸（推推鼻梁上的眼镜，额角一滴汗）：你这个问题多多，爸爸上班来不及了……晚上见！
查理（整整脖子上的领结）：让我来解释给你听吧。因为眼睛近视了，看不清时就会迫使眼睛加大调节，眼压上升，眼外肌收缩，长期下去可导致眼轴变长，近视加深。而且不戴眼镜看书写字，势必离书本、桌面很近，更易加深近视。所以，还是戴眼镜为好。

Q3 螃蟹长足

多多（蹲在地上，发呆）：……为什么螃蟹要横着走？
婷婷（低头思考）：……应该是和它的十条腿有关。
虎鲨（不屑地瞥过一眼）：你见过竖着走的螃蟹没！
查理（舒服地躺在太阳伞下，伸懒腰）：其实螃蟹的头部和胸部在外表上是无法区分的，所以就叫头胸部。这种动物的十条腿都长

请接下页 •••→

在身体两侧。第一对叫螯足，既是掘洞的工具，又是防御和进攻的武器。其余四对是用来步行的，叫做步足。每只脚都由七节组成，关节只能上下活动。大多数蟹头胸部的宽度大于长度，因而爬行时只能一侧步足弯曲，用足尖抓住地面，另一侧步足向外伸展，当足尖够到远处地面时便开始收缩，而原先弯曲的一侧步足马上伸直了，把身体推向相反的一侧。由于这几对步足的长度是不同的，螃蟹实际上是向侧前方运动的。然而，也不是所有的螃蟹都只能横行。比如，成群生活在沙滩上的长腕和尚蟹就可以向前奔走。生活在海藻丛中的一些蜘蛛蟹，还能在海藻上垂直攀爬呢。

球形闪电 Q4

多多（惊悚状）：昨晚下大雨，刮风闪电还打雷。我在阳台上，忽然有一团圆形红光在我旁边闪过，吓了我一跳，那东西很像闪电，但闪电不是应该在天上吗？

扶幽（慢慢抬头，慢慢开口）：可能……你遇见了……球形闪电……很危险的……

婷婷（一脸担心）：球形闪电？我好像听大人说，打雷时不要站在树下，闪电时不要站在窗边。多多你没事在阳台上干什么……

虎鲨（直接把脸凑到多多眼前，表情神秘兮兮）：我知道了，一定是外星人在发讯号！

查理（踏歪一爪子，差点跌倒）：咳咳……实际上，球形闪电是一种十分奇特的闪电现象，直径通常为10厘米—40厘米，颜色为红色、黄色或者蓝色，持续时间也从几秒到几分钟不等。球形闪电无孔不入，常常会从门窗、烟囱甚至房屋缝隙中钻进屋内。它的出现有时会使人虚惊一场，有时却会在瞬间造成重大灾难。当它靠近一些易燃物如树木、纸张时，并不会引起火灾，但在它爆炸的一瞬间，却可以烧掉潮湿的树木和房屋。如果落进水池，球形闪电还会使池水沸腾。

多多（倒抽一口冷气）：啊，那我昨晚不是很危险呀！！

查理（一脸不高兴）：我还没说完呢！不过球形闪电到底是何种物质，这个问题已困扰了人类几个世纪了。不少科学家认为，球形闪电现象的出现是因为闪电到达地面时形成了一个球形等离子体，但其机制却依然不清楚。尽管人类在近半个多世纪中记录到了四千多次球形闪电现象，却几乎没有掌握它的任何可靠资料。

虎鲨（得意扬扬）：所以我才说，一定是外星人在发讯号啊！

查理（翻白眼）：……不要误导小读者！！

Q5 叶绿素

多多（单手撑着下巴，望着窗外，一脸忧伤）：唉，秋天又到了，树叶又变黄了……秋天树叶为什么会变黄呢？

婷婷（一脸认真）：这个我知道，因为所有的树叶中都含有绿色的叶绿素，树木利用叶绿素捕获光能并且在叶子中其他物质的帮助下，把光能以糖等化学物质的形式存储起来。除叶绿素外，很多树叶中还含有黄色、橙色以及红色等其他一些色素。虽然这些色素不能像叶绿素一样进行光合作用，但是其中有一些能够把捕获的光能传递给叶绿素。

多多（点点头，又摇摇头）：我知道了，是叶绿素影响了树叶的颜色，可是……问题在于，秋天树叶为什么会变黄呢？

婷婷（脸颊泛红，扭过头）：我不知道了，你去问查理吧……

查理（猛地跳出来，朝婷婷行了个绅士礼）：我来补充一下吧。因为在春夏季节，叶绿素在叶子中的含量比其他色素要丰富得多，所以叶子呈现出叶绿素的绿色，而看不出其他色素的颜色。当秋天到来时，白天缩短而夜晚延长，这使树木开始落叶。在落叶之前，树木不再像春夏季节那样制造大量的叶绿素，并且本身已有的色素，比如叶绿素，也会逐渐分解。这样，随着叶绿素含量的逐渐减少，其他色素的颜色就会在叶面上渐渐显现出来，于是树叶就呈现出黄、红等颜色。

多多（摇摇头，又点点头）：原来还是叶绿素的关系啊……我明白了。

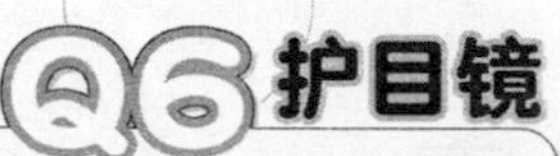

多多（聚精会神地盯着屏幕）：为什么极地探险要带护目镜？雪景多美丽啊！

众人（头上齐齐落下宽面条黑线）：不愧是问题多多啊，看个电影都要问问题，你到底是看电影还是找问题啊？

虎鲨（举手抢答）：我知道，因为酷！

扶幽（慢腾腾，小小声）：又在误导小读者了……

虎鲨（拳头握得嘎嘎响）：扶幽，要不要我帮你活络活络筋骨？

婷婷（连忙伸手阻止）：别打架，查理来解释一下吧，好不好？

查理（对婷婷行了个标准的绅士礼）：荣幸之至。因为雪地会反射阳光，极地和下雪天的城市不同，到处都是无边无际白亮亮的冰雪，长时间注视会刺激眼睛、损害视力，甚至导致失明。为了保护眼睛，探险队员们才会佩戴深色的护目镜。

Q7 健康杀手

多多（不满地抱怨）：为什么放假了我还不能痛痛快快地玩游戏？

妈妈（怒）：你在电脑前面已经坐了两个小时了！去看会儿书。

多多（求饶）：再有五分钟就好。

妈妈（啪地关掉电脑）：又五分钟！五分钟前你就这么说了！

多多（生气地跳上床，把头埋进枕头里）：差一点就打败黑骑士boss了……

查理（一下子跳到多多背上，踩得多多哎哟一声）：妈妈说得对，电脑会产生对人体有害的电磁辐射，影响人的皮肤、神经系统、免疫系统、心血管、视觉系统，相对于成人，未成年儿童受辐射伤害更大！你不想因为玩游戏而变成病秧子吧！到时候病得爬不起来，也玩不成游戏了！嘿嘿。

多多（翻身甩掉查理）：哼，我是未来的健康大侦探，才不要变病秧子！

Q8 仙人掌

多多（边给仙人掌浇水边观察）：为什么仙人掌没有叶子呢？

虎鲨（嘿嘿傻笑）：因为它浑身都是刺，没地方长叶子！

多多（继续浇水）：没有叶子怎么进行光合作用呢？

查理（整理下领结）：咳咳，仙人掌有叶子，它的叶子就是咱们现在看到的仙人掌刺啊！仙人掌的原产地在大沙漠，那里终年干旱，每一滴水都来之不易。普通植物的宽大叶子会蒸发掉大部分水分，无法在这种恶劣的环境中生存。仙人掌为了适应环境，将叶子进化成了又尖又细的刺，极大地减少了水分的蒸发，同时，仙人掌的茎则变得又粗又壮，储备尽量多的水分，茎也变为绿色，代替叶子进行光合作用。有了这些变化，仙人掌顽强地在沙漠中生存，为浩瀚无垠的大沙漠提供了一抹难得的绿色。

多多（点头，继续浇水）：原来是这样，仙人掌真厉害！

查理（突然发现花盆的水都快溢出来了）：汪！汪！多多别浇了，浇水太多仙人掌会淹死的！

Q9 七色彩虹

多多（望天，疑惑地摸摸鼻子）：为什么彩虹有七种颜色呢？

虎鲨（呆呆望着天空）：就是啊，为什么没有巧克力色的彩虹呢？我喜欢巧克力。

婷婷（眼睛晶晶亮）：为什么没有玫瑰色呢？玫瑰花多漂亮！

扶幽（低头翻动百科全书）：为什么不是普通书页那样的黄色或白色？

查理（无奈）：我还想彩虹变成肉骨头色呢！太阳光并不是单一的白色，而是由许多种颜色的光混合而成，这些颜色可以简单地分为赤、橙、黄、绿、青、蓝、紫。大雨过后，如果空气中仍漂浮着大量的水滴，太阳光在这些水滴中不断地折射和反射，就形成了彩虹。因为不同的光折射率不同，在水滴中会以不同的角度折射，因而会呈现出七种光的颜色。彩虹并不是只有天上有，瀑布前就经常出现彩虹；阳光明媚的时候，背对着太阳喷水，也有机会制造出人造彩虹哦。

START ★★★ 放飞想象力，释放创作力!!

盛大文学“飞翔，我的奇想

【携手浙江少年儿童出版社、星梦童趣，共圆少儿☆作家☆梦

请大胆地将你的畅想世界和我们分享！不管是匪夷所思的妄想，还是妙不可言的经历，我们需要你带领大家走进一个新的奇异世界——

或许，你就是未来的J.K.罗琳！

1 赛名：“飞翔，我的奇想”征文大赛

你的脑子里是不是充满了许多稀奇古怪的主意？你是不是经常能发现一些不为人知的小秘密？你有没有一个关于冒险的远大计划或梦想？你是不是经常在梦中走进一个神秘的境地……

2 主办单位：

盛大文学：

全球最大的中文网上平台，旗下拥有“起点小说网”等七家原创文学网站。培养了数以千计的原创作者。在网络阅读时代，为了给少年儿童提供一个更加绿色的读书环境，推出电子阅读器——“锦书”，做到了真正意义上的书包解放。

浙江少年儿童出版社：

国内少儿读物市场连续八年排名第一的出版社，旗下拥有任溶溶、张之路、沈石溪、杨红樱等著名作家，以及“冰心儿童文学新作奖”、“冰心作文奖”等国内权威的征稿平台，培养出一大批优秀作家和作文高手。

星梦童趣：

盛大文学少儿文学研究所，对儿童文学有着专业的制作背景。

盛大文学、浙江少年儿童出版社、星梦童趣联合主办本次少儿奇幻和冒险类小说征文大赛，还将组织强大的背景团队、专业的专家点评，开启中国少年儿童征文比赛的新里程。

3 目标宗旨：

放飞想象力，释放创作力！给少年儿童一个“我想，我创作”的平台。

优秀作品可入选“冰心作文奖”、“冰心儿童文学新作奖”！

优秀作者成为盛大文学签约“小作家”！

4 参赛要求：

(1) 参赛范围：全国少年儿童

(2) 参赛时间：2011.9.30–2012.2.15

(3) 参赛作品篇幅要求：精致、有趣的故事，字数不限。短篇作文还可参与“冰心作文奖”奇想类评选；儿童文学类作品可参与“冰心儿童文学新作奖”评选。

(4) 参赛作品题材要求：幻想、冒险、侦探；故事主角为少年儿童。

全国少年儿童征文大赛!!

暨千部锦书赠校园活动

5 参评方式：

报名方式：两种报名渠道均可，请勿重复投稿

A. 电子稿件发送至 xingmengtongqu@gmail.com

B. 纸稿寄送地址：上海市邮政信箱203—025#“星梦童趣 编辑部”收，邮编：201203

C. 还可寄至：浙江省杭州市文三路140号教学月刊社《作文新天地》编辑部。邮编：310012

（参评稿件请注明作者姓名、出生年月、学校年级、通信地址、邮编、联系电话、电子信箱、作者照片等。团体参评者请注明组织单位名称，作品指导老师）

活动网址：www.xingmengtongqu.com

6 奖项设置：

特等奖：

成为盛大文学网络签约小作家。

盛大文学最新款电子阅读器——“锦书”一部。

获得“冰心作文奖”或“冰心儿童文学新作奖”奖项。

获得2011最受欢迎冒险小说《查理九世》珍藏签名本一套、原创写作手册和“世界冒险协会”预备会员徽章。

获邀参加由盛大文学主办的写作夏令营（上海、杭州）活动。

（只要具备签约小作家资质均可获得特等奖，名额不固定。）

一等奖10-15名：

作品在盛大文学相应网站刊载。

盛大文学最新款电子阅读器——“锦书”一部。

获得2011最受欢迎冒险小说《查理九世》珍藏签名本一套、原创写作手册和“世界冒险协会”预备会员徽章。

获邀参加由盛大文学主办的写作夏令营（上海、杭州）活动。

二等奖30-50名：

作品在盛大文学相应网站刊载。

获得2011最受欢迎冒险小说《查理九世》珍藏签名本一套、原创写作手册和“世界冒险协会”预备会员徽章。

获邀参加由盛大文学主办的写作夏令营（上海、杭州）活动。

优秀奖（若干名）：

作品在盛大文学相应网站刊载。

颁发获奖证书。

获得《查理九世》原创写作手册和“世界冒险协会”预备会员徽章。

所有作品将有机会收录在《查理九世》后续作品中。

提示：幻想及冒险内容题材可以是……

【畅想未来】

未来很近，未来也很远，你有没有思考过长大后要成为一个什么样的人？做一些什么样出人意料的事情呢？快来向我们展示你与众不同的梦想蓝图吧！

【未解之谜】

地球上存在着许多未解之谜，比如玛雅文明、埃及金字塔、亚特兰蒂斯等等不可思议的远古文明，你的心目中是否存有一个很大的未解之谜？让我们共同来分享一下你心中的奇思妙想。

【幻想岛】

有一天，你突然来到一个陌生的地方，这里的一切都是如此新奇，有人告诉你，这是一座幻想岛，它的构成中有一部分就是你脑中的幻想，来谱写你心中的幻想岛吧，我们都期待翻阅到这一章！

更多详情请登录查理九世官方网站：http://www.charlie9.com/

「查理九世与墨多多」CHARLIE IX STAFF制作团队

■Charlie IX Production Committee

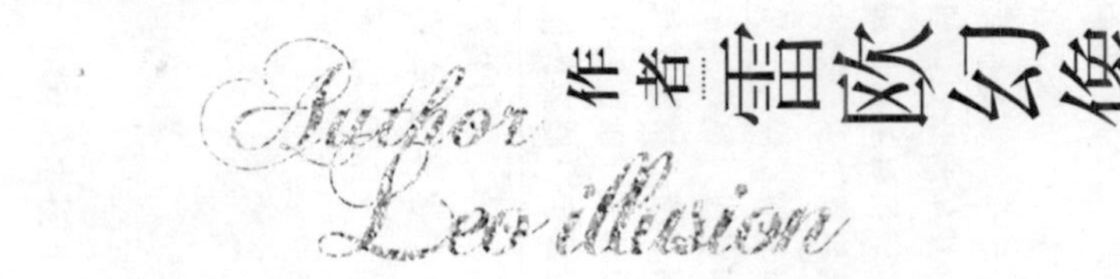

作者……雷欧幻像

策划 宋巍巍 Vivison

执行 赵 婷 Mimic.Z

插画 孙 东 Sun
周 婧 Qiaqia
陈扶民 God
潘培辉 Jing

文字 何佳妮 Coney
刘龙军 Yison
黄怡峥 Miya

视觉 雷 鸿 Led
文 杰 Jack
刘厚松 Mark

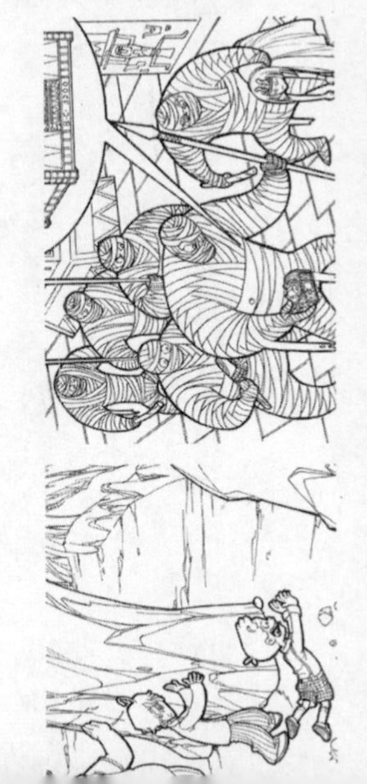

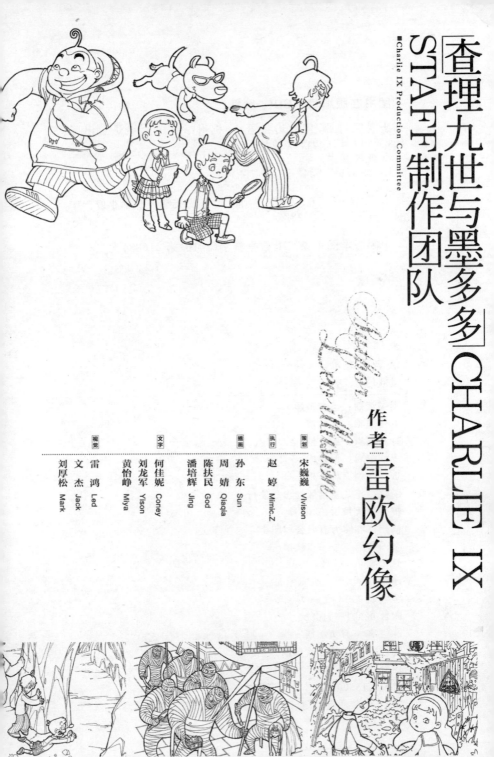

图书在版编目（CIP）数据

法老王之心/雷欧幻像著. —杭州：浙江少年儿童出版社，2011.1（2012.1 重印）
（查理九世）
ISBN 978-7-5342-6210-4

Ⅰ.①法…　Ⅱ.①雷…　Ⅲ.①儿童文学—长篇小说—中国—当代　Ⅳ.①I287.45

中国版本图书馆 CIP 数据核字(2010)第 216234 号

查理九世
法老王之心
雷欧幻像 著

图书策划：星梦童趣
责任编辑：王宜清
特约编辑：谢　艳
责任校对：倪建中
责任印刷：林百乐
浙江少年儿童出版社出版发行
杭州市天目山路 40 号
杭州富春印务有限公司印刷
全国各地新华书店经销
开本 889×1194　1/32
印张 6
字数 119000
印数 90001—110000
2011 年 1 月第 1 版
2012 年 1 月第 3 次印刷
ISBN 978-7-5342-6210-4
定价：15.00 元
（如有印装质量问题，影响阅读，请与承印厂联系调换）

Charlie读者问题&创意专用纸

Charlie Dodomo

姓名: 性别:

年龄: 年级:

地址:

QQ: 电话:

① 你花了多长时间阅读这本小说？是一口气读完了？还是花了几天时间慢慢地读？

A.一口气读完□ B.分几天读完□ C.没读完□ D.家长不让看□

② 你最喜欢小说中的哪个人物？（打勾选择，可多选）

A.墨多多□ B.婷婷□ C.虎鲨□ D.扶幽□ E.查理□

F.其他.理由( )

③ 你最不喜欢小说中的哪个人物？（打勾选择，可多选）

A.墨多多□ B.婷婷□ C.虎鲨□ D.扶幽□ E、查理□

F.其他.理由( )

④ 你对每一章节的谜题感兴趣吗？

A.喜欢□ B.一般□ C.不喜欢□理由( )

⑤ 有没有特别喜欢哪种类型的谜题？（如果是《查理九世 黑贝街的亡灵》中没有出现的题型，也可以告诉我们哦~）

⑥ 小说中令你印象最深刻的场景是哪几个？为什么？

读者问题大募集!!!

『查理九世』编辑部地址：上海邮政信箱203-025# 邮编：201203（热烈欢迎来信~）

更多关于查理九世的信息请登录：http://charlie9.com/ 或登录腾讯儿童查理九世官方网址：kid.qq.com/chali.htm 更多好礼等你来赢取哦！

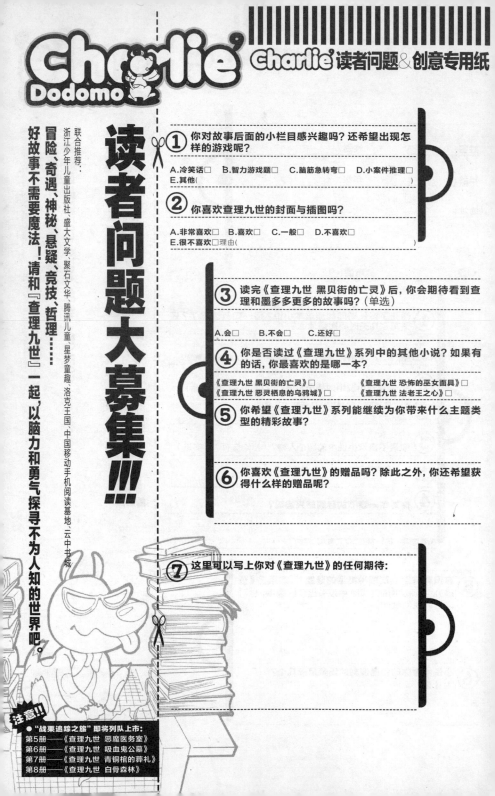

Charlie' 读者问题&创意专用纸

读者问题大募集!!!

联合推荐：
浙江少年儿童出版社、盛大文学、聚石文华、腾讯儿童、星梦童趣、洛克王国、中国移动手机阅读基地、云中书城

冒险、奇遇、神秘、悬疑、竞技、哲理……
好故事不需要魔法！请和『查理九世』一起，以脑力和勇气探寻不为人知的世界吧。

① 你对故事后面的小栏目感兴趣吗？还希望出现怎样的游戏呢？

A.冷笑话□ B.智力游戏题□ C.脑筋急转弯□ D.小案件推理□
E.其他( )

② 你喜欢查理九世的封面与插图吗？

A.非常喜欢□ B.喜欢□ C.一般□ D.不喜欢□
E.很不喜欢□理由( )

③ 读完《查理九世 黑贝街的亡灵》后，你会期待看到查理和墨多多更多的故事吗？(单选)

A.会□ B.不会□ C.还好□

④ 你是否读过《查理九世》系列中的其他小说？如果有的话，你最喜欢的是哪一本？

《查理九世 黑贝街的亡灵》□ 《查理九世 恐怖的巫女面具》□
《查理九世 恶灵栖息的乌鸦城》□ 《查理九世 法老王之心》□

⑤ 你希望《查理九世》系列能继续为你带来什么主题类型的精彩故事？

⑥ 你喜欢《查理九世》的赠品吗？除此之外，你还希望获得什么样的赠品呢？

⑦ 这里可以写上你对《查理九世》的任何期待：

注意!!

● "战栗追踪之旅"即将列队上市：
第5册——《查理九世 恶魔医务室》
第6册——《查理九世 吸血鬼公墓》
第7册——《查理九世 青铜棺的葬礼》
第8册——《查理九世 白骨森林》